STEFAN LEHNBERG

geboren 1964 in Hannover, ist Autor der Radiocomedy »Küss mich, Kanzler!«, die seit 2008 ununterbrochen gesendet wird. Er ist seit Jahren aktiv in der Berliner Comedyszene und hat als Autor für Harald Schmidt, Anke Engelke, 7 Tage 7 Köpfe, Titanic, u. v. a. gearbeitet. Sein Roman »Mein Meisterwerk« wurde mit dem Ephraim-Kishon-Literaturpreis ausgezeichnet. Stefan Lehnberg lebt in Berlin.

STEFAN LEHNBERG

Durch Nacht und Wind

Die criminalistischen Werke des Johann Wolfgang von Goethe

Aufgezeichnet von seinem Freunde
FRIEDRICH SCHILLER

J. G. Cotta'sche Buchhandlung Nachfolger

Tropen
www.tropen.de

Printed in Germany
Cover: Herburg Weiland, München
Unter Verwendung einer Illustration von Nolan Paparelli
Gesetzt in den Tropen Studios, Leipzig
Gedruckt und gebunden von CPI – Clausen & Bosse, Leck
ISBN 978-3-608-50376-0

Durch Nacht und Wind

Vorwort

Wenn Du, verehrter Leser, diese Zeilen liest, werden seit ihrer Niederschrift wenigstens 150 Jahre vergangen seyn.

Denn erst, wenn alle Personen, welche an den hier geschilderten Begebenheiten Anteil hatten, längst begraben sind, ja erst, wenn auch ihre Kinder und Enkelkinder nicht mehr leben, soll dieser Bericht der Öffentlichkeit übergeben werden – sind doch in ihm Umstände beschrieben, welche meinen Freund Goethe, aber auch weitere Personen und nicht zuletzt auch mich selbst in Not und Verderben stürzen würden, sollten sie zu unseren Lebzeiten bekannt werden. Freilich wäre es vielleicht klüger gewesen, diese Vorkommnisse in meiner Schilderung fortzulassen oder sie in einer für uns günstigeren Weise darzustellen, aber es verlangt mich, die Wahrheit ans Licht zu bringen.

Mag die Nachwelt uns verdammen – jedoch hätten wir erneut die Wahl, wir würden ein 2tes Mal genau so handeln.

Friedrich Schiller – Jena, im September 1799

Erstes Buch

Erstes Kapitel

Ich erinnere mich noch recht gut der Ereignisse, von welchen hier die Rede seyn soll. Fast jeder tut dies, denn sie haben seinerzeit allenthalben für beträchtliches Aufsehen gesorgt. Unzählige Berichte existieren über jene Vorgänge, so dass ein jeder sie zu kennen glaubt und doch sind fast alle diese Geschichten mehr oder minder unwahr. Die allermeisten Personen, welche davon erzählen, sind, wie ich beschwören kann, gar nicht dabei gewesen. Und von den wenigen, welche tatsächlich zugegen waren, werden Geschichten erzählt, die mit den wahren Ereignissen nur noch sehr wenig gemein haben. (Aus Gründen, welche nur all zu verständlich sind.) Ich selbst aber befand mich zusammen mit meinem Freunde Goethe im Centrum dieser Geschehnisse und darf daher von mir behaupten, die volle Wahrheit zu kennen. Ich bilde mir darauf keineswegs etwas ein. Es war einfach Glück. Oder Pech. Das mag ein jeder bey sich entscheiden. Sagen wir vielleicht einfach, es war Zufall.

Sey es nun, wie es sey, ihren Anfang nahmen die Ereignisse im Winter des Jahres 1797. Goethe und ich hatten mehrere Monate damit verbracht, einem Haufen gelbschnabeliger Schreiberlinge ein paar wohlverdiente Fußtritte in ihr untalentiertes Hinterteil zu verabreichen. Freilich nicht im wörtlichen Sinne, sondern in Form von Gedichten, welche wir Xenien nannten und publizierten. Auf diese Weise war nicht nur unserem Gemüte wohlgetan, sondern auch unserem Geldbeutel. Wir waren darob in vorzüglichster Stimmung und brannten vor Tatendurst.

An jenem klirrend kalten Märztage hatte ich Goethe, wie so oft, kurz nach der Mittagsstunde aufgesucht. Er befand sich noch in seinem weißen Flanellschlafrock, aber er hatte offenkundig bereits den Chirurgen und den Friseur empfangen, denn er war frisch rasiert, und das Haar auf seinem Haupte war auf das artigste onduliert. Er machte einen maladen Eindruck und klagte mir sogleich, dass er am Abend zuvor törichterweise einige Tassen Tee getrunken habe, wiewohl er doch nur zu gut wisse, dass jener stets wie Gift auf ihn wirke, und nun habe er bereits die halbe Nacht und den ganzen Morgen mit einem verhetzten Organismus zu kämpfen. Gleichwohl sey er erfreut, mich zu erblicken, ein wenig Zerstreuung würde ihn gewiss erquicken.

Und in der Tat vergaß Goethe seinen Zustand mit jedem Augenblicke, den ich bey ihm war, mehr, und seine heitere Stimmung war gänzlich wieder hergestellt, als er mir die allerneueste Errungenschaft seiner Sammlung zeigte: einen veritablen Elefantenschädel. Ich erinnere mich nicht meiner genauen Worte, muss aber wohl etwas in der Art geäußert haben, dass so eine Anschaffung zwar zunächst durchaus reizvoll, aber bey Licht betrachtet sinnlos sey.

Goethe musterte mich mit hochgezogenen Augenbrauen von Kopf bis Fuß in der Manier, wie nur er es kann, und bemerkte mit fein dosiertem Plaisier: »Lieber Freund, Sie sind urteilsfroh, aber nicht urteilsstark.«

Ich war drauf und dran, ihm eine gehörige Antwort zu geben, als es an der Thüre klopfte. Herein trat Goethes Diener Geist und übergab Goethe ein verschlossenes Billet. Goethe hatte mir einmal anerkennend offenbart, dass ich der einzige unter allen seinen Freunden und Bekanntschaften wäre, welcher sich niemals zu jenem tumben Wortspiele hinreißen ließ, wonach jener im wahrsten Sinne des Wortes ein dienstbarer Geist sey. Ein Umstand, welcher mich mit einem gewissen Stolz erfüllt, obwohl ich ehrlicherweise bekennen muss, dass es mir schlicht nicht eingefallen ist.

Goethe öffnete das Billet, zog sein Lorgnon hervor und las mit gerunzelter Stirn. Mit einem Nicken entließ er den Diener. »Ich muss zu Ihrer Durchlaucht. Augenblicklich.« Düster besah er das Billet, als hoffe er, dass sich dessen Inhalt noch in einen anderen verwandeln möge.

»Es wird doch nichts Unerfreuliches seyn«, bemerkte ich vorsichtig.

»Wohl eher doch«, murmelte Goethe mit finsterer Miene.

»Wohl eher doch.«

Zweites Kapitel

Drei viertel Stunden später erreichten wir das Fürstenhaus, das seit dem großen Brande von 1774, welcher das Schloss in Schutt und Asche gelegt hatte, immer noch als Behelfsresidenz dienen musste. Zwar lag jenes nur einige hundert Schritte von Goethes Haus am Frauenplan entfernt, jedoch hatte Goethe sich beim Ankleiden ausnehmend lange Zeit gelassen. Zweifellos aus Opposition zu der plötzlichen Einbestellung. Jedenfalls hörte ich ihn durch die Wand laut vor sich hinfluchen. Zuvor hatte er mir eröffnet, dass Billets, welche unverzügliches Erscheinen befahlen, ausnahmslos Unerfreuliches nach sich zögen. Um was es sich handele, sey vollkommen inkalkulabel, aber gewiss würde man ihm erneut irgendeinen Quark von Aufgabe aufbürden, der ihn nicht nur kostbare Zeit kostete, sondern welcher auch weit unter seiner Würde sey. Derart instruiert, war ich durchaus nicht darauf erpicht, ihn zu begleiten. Zu meinem großen Glücke verfüge ich über das Talent, zu fast jeder Situation einen passenden Sinnspruch schneidern zu können. Der für diesen Moment – welcher sowohl Goethes Geltungsdrang als auch meinem Faulheitsdrang Rechnung trug – lautete: »Der Starke ist am mächtigsten allein«, aber Goethe ließ nur ein mürrisches Knurren hören, welches ich als Ablehnung deutete. Ich gebe zu, der Spruch ist Unfug, aber er klingt wahrlich nicht übel, vielleicht kann ich ihn einmal in einem Theaterstück verwenden.

Goethe schritt heftig aus, und ich hatte beinahe Mühe, mit ihm Schritt zu halten. Ein braunes Huhn, welches träge seinen Weg gekreuzt hatte, flatterte erschrocken auf. Bereits am Portale des Schlosses erwartete uns die erste Hofdame der Herzoginmutter, Fräulein von Göchhausen. Genau genommen erwartete sie nur Goethe, was sie mir durch einen säuerlichen Blick in meine Richtung veranschaulichte. Fräulein von Göchhausen sah keineswegs so aus, wie man sich eine Hofdame – oder auch nur ein Fräulein – vorstellt. Sie war ungeheuer alt – weit über 40 – winzig klein und hatte überdies einen Buckel. Aber soweit ich wusste, war sie für ihren Esprit bekannt und allseits hochgeschätzt. Auch von Goethe, der sie mir einmal als »hässlich wie die Nacht, aber brav wie Gold« beschrieben hatte. Ich musste daran denken, wie der Herzog, welcher immer für einen zünftigen Witz gut war, vor nicht allzu langer Zeit eines Abends die Thüre zu den Gemächern der Göchhausen zumauern und übertapezieren lassen hatte, woraufhin die Ärmste stundenlang und mit zunehmender Verzweiflung danach gesucht hatte. Aber solche spaßigen Narretheien waren für den Augenblick nicht zu erwarten.

Eiligst führte man uns über den Dienstbotenaufgang, was Goethe mit indigniertem Augenrollen quittierte, zum Empfangssalon der Herzoginmutter. Die

Göchhausen pochte an die hohe Doppelthüre, und Goethe strich seinen Rock glatt. Dann öffnete sie die Thüre einen Spalt weit, ließ Goethe eintreten, wandt sich geschickt hinter ihm hindurch und schloss die Thüre, ehe ich nachfolgen konnte.

Drittes Kapitel

Um für einen Dichter zu gelten, braucht es nicht nur Phantasie und Schaffenskraft, sondern auch ein erkleckliches Maß an Neugier. Ein besonders kluger Geist, dessen Name mir just entfallen ist, sagte einst sogar, dass die Neugier als die vornehmste Eigenschaft dieses Dreigestirns zu gelten habe. Dies mag entschuldigen, dass ich - obschon gewiss wohlerzogen - nach einigen Minuten geduldigen Wartens nicht länger an mich halten konnte und an der Thüre lauschte. Doch sogleich verfluchte ich mein vorwitziges Tun wieder, denn was ich hören musste, ließ mich voller Grausen zurückweichen. Hatte ich recht vernommen? Der Herzog tot? Von feiger Mörderhand dahingemeuchelt?

Offenkundig nicht, denn bereits im nächsten Augenblicke hörte ich die Herzoginmutter und Goethe laut auflachen. Meine lebhafte Dichterphantasie hatte mir einen Streich gespielt und mir aus dem wenigen, was ich von hinter der Thüre vernehmen konnte, eine dramatische, aber nichts desto weniger falsche Geschichte vorgegaukelt. Soeben wollte ich mein Ohr erneut an die Thüre pressen, als diese sich öffnete und mir mein Freund, prächtig aufgelegt wie ein betrunkener Kesselflicker, entgegenkam. Lachend sprang er leichtfüßig die Stiegen hinunter, und ich beeilte mich, ihm zu folgen. Vor dem Tore wartete bereits ein Landauer, welcher offenkundig der Herzoginmutter gehörte, wie ich an dem Wappen auf der Seite unschwer erkannte. Goethe kletterte in Anbetracht seiner Kurzbeinigkeit erstaunlich geschwind hinein und hieß mich, es ihm gleich zu tun. Ehe ich noch etwas fragen konnte, knallte der Schwager auf dem Kutschbocke mit seiner Peitsche, und wir jagten in einem Höllentempo davon.

Viertes Kapitel

Bald hatten wir das Stadttor passiert, und ich genoss die herrliche Spazierfahrt entlang der Belvederer Allee. Die Sonne stand hoch am Himmel und wärmte uns so behaglich, dass man trotz des Schnees, welcher noch allüberall die Landschaft bedeckte, fast schon glauben mochte, der Sommer sey urplötzlich ausgebrochen.

Immer noch heiterster Laune erklärte mir Goethe, dass die Herzoginmutter ihn gebeten habe, ein Gespräch mit einer hochgestellten Persönlichkeit zu führen, welche mit ihrem halben Hofstaate als Gast auf ihrem Lustschloss Belvedere vor den Toren der Stadt weilte. Jener sey von einer höchst unvernünftigen, nichtsdestotrotz doch außerordentlich verstörenden Unruhe ergriffen worden, da er von dem Gedanken besessen sey, dass ein in seinem Besitze befindlicher Gegenstand mit einem Fluche belegt ist, welcher den sicheren Tod für den Besitzer dieses Gegenstandes bedeute.

»Alles in allem eine äußerst spaßhafte Angelegenheit«, lautete Goethes Urteil. »Der Mann ist auf das Äußerste abergläubisch, es heißt sogar, er lasse sich jeden Morgen von einer alten Hexe die Karten schlagen, offenkundig ein fürchterlicher Einfaltspinsel, aber das wagt so einer Herrschaft natürlich niemand ins Gesicht zu sagen. Die Herzoginmutter fühlt sich für das Wohlergehen ihrer Gäste verantwortlich, und überdies ist der Mann, seit er von dem angeblichen Fluche Kenntnis erhalten hat, noch unleidlicher zu seiner Umgebung, als es ohnehin schon seyn Temperament ist. Es ist daher unsere Aufgabe, ihn davon zu überzeugen, dass es mit diesem Fluche keine ernsthafte Bewandtnis hat und dass er nicht das Mindeste zu befürchten habe. Das wird kaum länger als eine halbe Stunde brauchen.«

»Wer ist nun der Mann?«, fragte ich, meine Neugier kaum verbergend. Goethe sagte es mir. Ich war auf das Äußerste beeindruckt, denn es handelte sich um keinen Geringeren als den Großherzog von N., von dessen sagenhaftem Reichtum, aber auch cholerischem Charakter ich wie jeder andere natürlich bereits einiges gehört hatte.

Nach einer guten viertel Stunde erreichten wir das Lustschloss, welches inmitten weitläufiger Parks und Wälder gelegen war.

Die Sonne hatte sich wieder hinter eine dicke Wolkendecke zurückgezogen, und es hatte auf das Heftigste zu schneien begonnen, so dass wir uns eilten, zur Pforte zu gelangen. Goethe pochte ungeduldig dagegen, aber anstatt dass man uns einließ, wurde nur eine Klappe in der Thüre geöffnet, der Kopf eines Bedienten erschien, und wir wurden nach unserem Begehr gefragt.

Goethe richtete sich zu voller Größe auf und stellte uns vor:

»Geheimrat von Goethe und Hofrat Schiller. Wir werden von seiner Durchlaucht erwartet.«

Die Klappe wurde wieder geschlossen, aber weiter geschah nichts. Nicht lange und ich bemerkte, wie Goethe die Zornesröte ins Gesicht fuhr. Eine solche Behandlung war er sonst nicht gewohnt. Ich hingegen nahm es mit Gleichmut auf, da ich von dem ganzen Fürstengesindel ohnedies kein anderes Betragen erwarte. Eine plötzliche Bewegung in der Ferne ließ mich aufmerksam werden. Hatte ich dort hinter dem Busche für den Hauch eines Moments einen großen Mann stehen sehen? Ich blickte angestrengt in die Richtung des Busches, vermochte aber nichts zu entdecken. Schließlich vernahmen wir, dass der Thürriegel zurückgeschoben wurde, und wir durften eintreten.

Der Bediente führte uns in den ersten Stock. Mir fiel auf, dass er, obschon noch jung, stark hinkte. Ohne anzuklopfen, öffnete er eine Thüre, vor welcher ein weiterer Diener stand, und ließ uns in den großen Salon eintreten. Der Großherzog war ein corpulenter Mann mit fliehendem Kinn und tückischen Augen. Sein Alter war unmöglich zu schätzen. Er konnte ebenso gut vierzig Jahre wie auch ihrer siebzig seyn. Sollte ich je ein Drama über Kaiser Nero verfassen, so wäre er der ideale Darsteller. Selten, wenn überhaupt jemals zuvor, habe ich bey einem Menschen auf den ersten Blick derartige Abscheu empfunden.

Er saß am Ende eines langen Eichentisches vor dem Kamin und war just damit beschäftigt, eine Forelle zu verspeisen. Es war offenkundig, dass wir ihm höchst unwillkommen waren. Am anderen Ende erblickten wir eine verhärmt schauend ältere Dame, welche uns verstohlen zulächelte. Wahrscheinlich die Großherzogin. Wir verbeugten uns, und Goethe stellte uns vor. Der Großherzog musterte erst mich und dann Goethe auf das Gründlichste. Schließlich wischte er sich den Mund mit einer Serviette ab und sagte zu Goethe: »Leck er mich am Arsche!«

»Pardon?« Mein Freund war wohl zu überrascht, um zornig zu werden.

»Das ist doch von Ihnen. Leck er mich am Arsche. Goetz von Soundso. Gutes Stück. Klare Worte. Nicht so verworrenes Zeugs wie das meiste andere.«

Goethe verbeugte sich eisig. Der Großherzog war in der Tat ein Mann, der wusste, wie man sich Feinde machte. »Dieser ungebildete Banause sollte Goethes Faust kennenlernen«, dachte ich still bey mir.

»Nichts für ungut, mein Bester, Sie sind natürlich damit nicht gemeint«, wandte er sich an mich und fügte hinzu. »Habe selbst nichts von Ihnen gelesen, aber meine Tochter schätzt Ihre Emilia Grolotti.«

Jetzt war es an mir, mich ebenso eisig zu verbeugen. Was für ein bemerkenswerter Bursche. Innerhalb eines Augenblickes hatte er drei Männer auf das Schändlichste beleidigt. Falls der Großherzog wirklich einen fluchbeladenen Gegenstand sein eigen nannte, so hoffte ich, dass dieser ihm alsbald einen schrecklichen Tod bescheren möge, und falls nicht, war ich nur zu gerne bereit, die nötigen Verfluchungen höchstpersönlich vorzunehmen.

Der Großherzog wandte sich wieder seiner Forelle zu. Er nahm einen Bissen und wies mit der Gabel auf ein Schreibpult am Fenster, auf welchem ein Brief lag. »Seh' er sich das mal an.«

Goethe ging zu dem Pulte und nahm den Brief. Vermittels seines Lorgnons studierte er ihn gründlich. Dann reichte er ihn an mich weiter. Der Brief stammte von einem Ludwig Kranigk, seines Zeichens Professor an der Universität zu Erfurt. Offenkundig war der Professor nicht sehr geübt im Verfassen von Briefen, denn sein Stil erwies sich als überaus ungelenk und altertümlich, und ich musste den Brief zwei Mal lesen, um seinen Inhalt vollständig zu erfassen. Entweder war der Professor ein ausgemachter Scherzbold, oder – und das hielt ich für die wahrscheinlichere Variante – ein ausgemachter Hohlkopf, wie es deren ja unter Männern der Wissenschaft leider nicht eben wenige gibt. Jedenfalls behauptete der Professor in seinem Schreiben, dass sich der Herzog in Lebensgefahr befände, da ein Smaragdring in seinem Besitze mit einem tödlichen Fluch belegt sey. Natürlich verstünde er, wenn der Großherzog an seinen Worten zweifele, deshalb füge er eine detaillierte Historie des berühmten Ringes bey, aus der klar hervorgehe, dass die Vorbesitzer des Ringes sämtlich lange vor der Zeit eines schrecklichen und unerklärlichen Todes gestorben seyen.

»Was sagen Sie dazu? Ein reiner Unfug, nicht wahr?« Der Großherzog blickte blinzelnd zwischen Goethe und mir hin und her, und mit einem Male wurde ich gewahr, dass er keineswegs so ruhig war, wie er zu scheinen suchte. In seinen Augen bemerkte ich Angst.

Goethe und ich sahen uns an. Es bedurfte keiner Worte, dass wir uns verstanden.

Goethe setzte eine nachdenkliche Miene auf. »Ist es möglich, das bewusste Schmuckstück in Augenschein zu nehmen?«

Der Großherzog gab dem Bedienten, welcher die ganze Zeit über neben der Thüre gewartet hatte, einen Wink. Dieser trat zu einem Schreibkabinett und entnahm ihm eine kleine Schatulle aus Palisander, welche er Goethe zögernd überreichte – genauer gesagt, überreichen wollte. Denn Goethe wich einen Schritt zurück und machte keine Anstalten, die Schatulle anzurühren.

»Öffnen!«, befahl er.

Der Diener warf einen furchtsamen Blick zum Großherzog, doch der winkte nur unwirsch mit der Hand. Der Bediente öffnete die Schatulle. Mit auf dem Rücken verschränkten Armen beugte sich Goethe darüber und betrachtete ihren Inhalt. Es mochten beinahe fünf Minuten vergangen seyn – so wollte es mir zumindest scheinen –, bis er sich wieder aufrichtete. Er dachte einen Moment nach, dann wandte er sich mit großem Ernst an den Großherzog.

»Allerdurchlauchtigster, zu meinem tiefsten Bedauern muss ich Ihnen sagen, dass Sie die Angelegenheit überaus ernst nehmen müssen. Professor Kranigk ist eine anerkannte Kapazität, er weiß, wovon er spricht. Ich hatte jedoch gehofft, dass er sich zumindest darin irre, dass es sich bey dem verfluchten Ringe nicht um den Ihren handele, aber ich habe darüber gelesen und auch Abbildungen gesehen. Es kann nicht den geringsten Zweifel geben. Der Ring in der Schatulle ist der bewusste. Ein Irrtum ist ausgeschlossen. Ich beschwöre Sie, entledigen Sie sich des Ringes so schnell als möglich. Und bis Sie das getan haben, sollten Sie über alle Maßen Vorsicht walten lassen.«

Goethe verstummte und sah den Herzog auf eine sorgenvolle Weise an, die vollständig überzeugend wirkte. Der Großherzog war bleich geworden. Er hatte von uns etwas anderes erwartet. Mit weit aufgerissenen Augen starrte er Goethe an, unfähig, auch nur ein Wort über die Lippen zu bringen. Dann brach es aus ihm heraus.

»Ich glaube nicht an Flüche!«, rief er mit schriller Stimme. »Und wer immer versucht, Hand an mich zu legen, ist des Todes.«

Er fegte die Serviette, welche vor ihm auf dem Tische lag, beiseite, so dass zwei Pistolen zum Vorschein kamen.

»Gut und schön, Allerdurchlauchtigster, jedoch bey dem Fluche, mit dem wir es hier zu tun haben …« Goethe schwieg einen Moment, bevor er fortfuhr: »Ihre Waffen würden gänzlich ohne Nutzen seyn.« Goethe sah zu mir hinüber, und ich nickte mit der düstersten Ernsthaftigkeit, die mir zu Gebote stand. »Aussichtslos«, bestätigte ich kopfschüttelnd.

»Da hören Sie's: aussichtslos.«

Ich erinnerte mich, dass mein Freund in jungen Jahren als Doktor der Rechte vor Gerichte gearbeitet hatte. Denn in diesem Augenblicke wirkte er ganz wie ein Advokat, welcher sein meisterliches Beweisplädoyer schloss. Der Großherzog saß kraftlos auf seinem Stuhle und glotzte, wie vom Blitze getroffen, vor sich hin.

»Unfug!« Die schneidende Stimme hinter meinem Rücken ließ mich zusammenfahren. Goethe und ich wandten uns überrascht um. Vor uns stand ein groß gewachsener Mann mit schwarzem Schnurrbart. Woher er so plötzlich erschienen war, konnte ich mir nicht denken, denn die Thüre befand sich am anderen Ende des Saales. Hatte er sich die ganze Zeit über verborgen gehalten und alles mit angehört? Sein Mund, seine Augen, ja sein ganzer Habitus hatten etwas fürchterlich Grausames, darüber konnte auch seine durchaus elegante Aufmachung nicht hinwegtäuschen. Es war sonderbar, aber jener Mann ließ mich eine sogar noch stärkere Abscheu empfinden als der Großherzog.

»Diesen Kerls ist nicht zu trauen«, wandte der Mann sich an den Großherzog, welcher nicht die geringste Überraschung über dessen plötzliches Erscheinen erkennen ließ.

»Mit wem haben wir die Ehre?« Goethe blieb äußerlich vollkommen unbewegt.

Der Großherzog schien sich einen Augenblick lang nicht recht entscheiden zu können. »Mein zukünftiger Eidam«, sagt er schließlich langsam. »Prinz von S. Er wird im Mai meine Tochter zum Altare führen.«

»Ergebenster Diener.« Goethe verbeugte sich leicht gegen den Prinzen.

Der Prinz funkelte Goethe feindselig an, doch Goethe hielt seinem Blicke stand, bis jener sich abwandte.

»Bedenken Sie die Prophezeiung der weisen Frau«, raunte der Prinz verschwörerisch dem Großherzog zu: »Drei Männer werden kommen, die Übles im Schilde führen.«

»Das können wir nicht seyn«, sagte ich, »wir sind nur zu zweien.«

»Wo mag sich wohl der Dritte verborgen haben, Durchlaucht?«, zischte der Prinz dem Großherzoge zu.

Dessen Augen sprangen erregt zwischen meinem Freunde und mir hin und her, als suche er sich darüber Gewissheit zu verschaffen, dass wir wirklich nicht zu dritt erschienen waren. Seine Gesichtszüge waren von Furcht verwüstet, und er schien um Jahrzehnte gealtert. Ehe er noch etwas sagen konnte, empfahlen wir uns, und wenige Augenblicke später saßen wir bereits wieder in unserer Kutsche und fuhren gen Weimar. Es war amüsanter gewesen, als wir erwartet hatten.

Fünftes Kapitel

In den folgenden Tagen sahen wir uns nicht, und jeder von uns ging seinen eigenen Verpflichtungen nach. Ich in Jena und Goethe in Weimar. In einem Briefe hatte Goethe mich gemahnt, strengstes Stillschweigen über unsere kleine Fopperei zu bewahren. Der Herzoginmutter hatte er erklärt, dass wir getan hatten, was wir konnten - was ja auch acurat der Wahrheit entsprach -, dass jedoch nichts von dem, was wir gesagt hätten, den Großherzog davon habe abbringen können, weiterhin an jenen Fluch zu glauben. Ich bewunderte meinen Freund für seine Fähigkeit, zu lügen, ohne dabei die Unwahrheit zu sagen.

Dann legte ich den Brief beiseite und wandte mich wieder meiner Arbeit zu. Ich hatte mir in den Kopf gesetzt, eine Ballade zu verfassen. Allein, wie sehr ich mir auch das Hirn zermarterte, mir wollte keine Eingebung erscheinen, wovon sie zu handeln habe. Ich versuchte dieses und jenes, aber nichts wollte mir glücken. Unseren großherzoglichen Streich hatte ich alsbald vollständig vergessen.

Um so verwunderter war ich, als ich einige Tage später einen offenbar in großer Eile verfassten Brief Goethens erhielt, in welchem er mich ohne Angabe eines Grundes aufforderte, unverzüglich zu ihm zu eilen. Erfreut über die willkommene Unterbrechung ließ ich alles stehen und liegen und machte mich sogleich auf den Weg nach Weimar. Als ich einige Stunden später vor seinem Hause eintraf, erwartete mich bereits Goethes Bedienter Geist vor dem Tore. Er ließ mich wissen, dass Goethe nicht länger auf mich habe warten können und vor über einer Stunde nach Belvedere aufgebrochen sey, wohin ich ihm unverzüglich nachfolgen möge. Für einen Augenblick verwünschte ich Goethe im Inneren für seine Ungeduld, aber dann musste ich daran denken, dass er gewiss gute Gründe für sein Handeln gehabt hatte. Ich ließ mir ein frisches Pferd bringen und machte mich erneut auf den Weg.

Sechstes Kapitel

Als ich das Schloss erreichte, fiel mir sogleich auf, dass etwas anders war als bey unserem letzten Besuche. Eine unheilvolle Stimmung lag über dem ganzen Anwesen, das fühlte ich deutlich, jedoch hätte ich nicht zu sagen vermocht, welcher Gestalt sie war. Vor dem Schlosstore war ein Husar postiert, welcher mich eintreten hieß, nachdem ich ihm meinen Namen genannt hatte. Ich betrat die Vorhalle, in welcher sich vier weitere Husaren aufhielten. Einer von ihnen deutete mir mit einer Handbewegung an, dass ich die Treppe hinaufgehen möge.

Ich erklomm die Stiegen und vernahm Stimmen aus dem Saale, welchen ich schon kannte. Die eine war zweifellos die meines Freundes, und die andere glaubte ich als die von Weimars regierendem Herzog Carl August wieder zu erkennen, welchem ich bereits bey verschiedenen offiziellen Anlässen begegnet war. Ich fand die Thüre halb angelehnt. Dennoch klopfte ich an.

Sobald Goethe mich erblickte, rief er mich zu sich. Ich trat ein und machte dem Herzog meine Aufwartung, aber jener schien im Augenblicke keinen Sinn für das Zeremoniell zu haben und nickte mir nur geistesabwesend zu. Goethe sah mich eindringlich an.

»Der Großherzog ist heute Nacht verstorben.«

»Mein Beileid«, sagte ich in Richtung des Herzogs, wiewohl ich nicht wusste, ob es angebracht war. »Ein Herzanfall?«

»Es war kein Herzanfall, lieber Freund«, sagte Goethe mit leiser Stimme »Und auch keine andere natürliche Todesursache.«

»Wie? Etwa Mord?«, fuhr ich auf.

»Kein Mord.«

»Also Selbsttötung.«

»Nein, auch das nicht.«

»Aber was dann, um Himmels willen?«, rief ich verwirrt.

»Das ist die Frage«, sagte Goethe in einem Tone, wie ich ihn noch nie von ihm vernommen hatte. »Das ist die große Frage.«

Nun riss sich auch der Herzog aus seiner Starre und beschwor mich, mit meinem Freunde dieses Geheimnis so schnell als möglich zu lüften. Keinesfalles dürfe auch nur der Schatten eines Zweifels an der vollkommenen Schuldlosigkeit seiner Person oder der seiner Familie bestehen. Die Folgen wären gar nicht ernst genug einzuschätzen.

Ich verneigte mich und gelobte, in jeder Weise zu helfen, soweit es in meinen Kräften stünde. Der Herzog legte mir und meinem Freunde je eine Hand auf eine Schulter und sah uns mit einem Gemisch aus Sorge und Dankbarkeit an. Dann verließ er den Raum. Eine kurze Weile hörten wir noch eine militärische Geschäftigkeit im unteren Stockwerke und auf dem Hofe, doch bald wurde es stiller, und schließlich waren wir allein.

Goethe war zum Fenster gesprungen und öffnete eiligst beide Flügel.

»Dieser Pestgestank!« Er blieb am Fenster stehen und durchtränkte seine Lungen mit Luft, als hätte er soeben eine Wüste durchquert und nun endlich die Oase mit dem rettenden Wasser erreicht.

Erst jetzt bemerkte ich den beißend süßlichen Geruch, welcher im Raume stand. Wie nach einem Brande, vermischt mit einem weiteren Geruch, welchen ich aber nicht zu deuten vermochte. Das Zimmer schien jedoch unversehrt. Ich trat an den Kamin, der absonderliche Geruch kam ohne jeden Zweifel von hier. Plötzlich erfasste mich ein Schwindel. Ich weiß nicht, von was er verursacht war, ob von dem Geruche, den Anstrengungen der langen Reise oder ob der hiesigen Umstände oder allem gemeinsam, aber meine Beine wurden schwach, und ich musste mich hinsetzen.

Ich griff zu einem Glase, welches vor mir auf dem Tische stand, füllte es mit Wasser aus einer Karaffe und wollte soeben davon trinken, als Goethe wie ein leibhaftiger Derwisch hinter mir auftauchte und mir mit einer blitzartigen Bewegung das Glas aus der Hand schlug. Im selben Augenblicke wurde mir meine Unvorsichtigkeit klar: Niemand wusste, wie der Großherzog zu Tode gekommen war.

»Gift?«, rief ich aus.

»Wir wollen nichts ausschließen«, entgegnete mein Freund.

»Und nun bitte ich Sie um Ihre Meinung als medizinischer Fachmann.«

Ich seufzte. In der Tat hatte ich als junger Mann Medizin studiert; meine Zeit als Regimentsmedicus war mir jedoch nicht in allzu guter Erinnerung geblieben und meinen Patienten zweifellos noch weniger. Inzwischen ließ ich mich nur höchst ungern zu medizinischen Diensten herbei. Goethe jedoch interessierte dies offenkundig nicht im Geringsten.

Entschlossenen Schrittes durchmaß er den Raum

und stand nun neben einer großen Eichentruhe, welche man aus unerfindlichen Gründen etwa zehn Fuß von der Wand fortgerückt hatte, so dass sie sich nun mitten im Zimmer befand, was mir jedoch auf Grund der Größe des Raumes zuvor nicht aufgefallen war. Er öffnete den Deckel und gab mir einen aufmunternden Wink, zu ihm zu treten.

Ich ahnte, was mich erwartete, und trat zögernd an die Truhe heran. Es war, wie ich vermutet hatte. In der Truhe lag der Großherzog. Er war eindeutig tot, daran konnte nicht der geringste Zweifel bestehen, denn sein Gesicht hatte eine bläuliche Farbe angenommen, und seine Züge waren auf das Grausamste verzerrt.

»Nun?« Goethe sah mich fragend an. »Was denken Sie?«

»Meine erste Vermutung ist, dass er erwürgt wurde. Sehen Sie hier die blauen und roten Flecken überall am Hals ringsum? Man kann sogar noch die Abdrücke der Finger sehen.«

»Sehr gut«, sagte Goethe sichtlich erfreut, wobey unklar blieb, ob er sich über die Schnelligkeit meiner Diagnose freute oder über den Umstand, dass der Herzog erwürgt worden war.

»Also doch eine Mordtat«, sagte ich.

»Keineswegs«, versetzte mein Freund. »Auf den ersten Blick scheint es das Offenkundige zu seyn, doch das Folgende müssen Sie wissen: Der Großherzog wurde in dieser Truhe gefunden. Sie war abgeschlossen. Die Bedienten mussten sie aufbrechen, um ihn zu finden. Wie Sie sehen können …«, Goethe zeigte auf das Schloss, welches in die Vorderseite eingelassen war, »... ist dieses Schloss so konstruiert, dass es sich sowohl von außen, als auch von innen verschließen lässt.«

»Wozu sollte man eine Truhe von innen verschließen wollen?«, versetzte ich.

»Gewiss hat der Konstrukteur dieses Schlosses solches gar nicht beabsichtigt, aber es ist möglich, weil es in das Holz eingesetzt wurde, statt darauf, wie es meistens üblich ist. Und was Ihre Frage anbelangt, warum man eine Truhe von innen verschließen sollte – ei, vielleicht, um sich vor jemandem zu schützen. – Oder vor etwas«, setzte er hinzu.

»Wollen Sie sagen, die Truhe war von innen verschlossen?«, rief ich aus.

»So ist es«, antwortete mein Freund ruhig. »Und der Schlüssel steckte von innen. Verstehen Sie nun das Dilemma? Als er in die Kiste stieg und sie verschloss, hat er noch gelebt. Niemand konnte an ihn heran, und dass er sich selbst erwürgt hat, ist wohl kaum möglich, geben Sie mir da Recht?«

»Richtig, das ist nicht möglich, wer den Versuch unternähme, sich selbst zu erwürgen, würde ohnmächtig werden, bevor es ihm gelänge. Es sey denn, man benutzte irgendeine raffinierte Vorrichtung. Dann durchaus.«

»Außer dem Herzog befand sich aber nichts in der Truhe. Er müsste sich daher mit seinen eigenen Händen erwürgt haben, was ja, wie Sie soeben bestätigten, unmöglich ist.«

»Was, wenn es einen 2ten Schlüssel zu der Truhe gibt?«, fragte ich.

Goethe schien auf die Frage gewartet zu haben. »Ich habe danach suchen lassen. Und tatsächlich: Wie sich herausstellte, verfügt der Haushofmeister über ein Duplikat fast jedes Schlüssels auf dem ganzen Anwesen aber …«

»Wie vertrauenswürdig ist der Haushofmeister?«, unterbrach ich Goethe.

»Er ist über 70 und hat die Gicht, er müsste sich schon glücklich schätzen, wenn es ihm gelänge, eine Fliege zu erwürgen. Bey einem vor Kraft strotzenden Kerl wie dem Großherzog wäre es gänzlich unmöglich, aber selbst, wenn doch - sehen Sie hier«: Goethe zog zwei gleich aussehende Schlüssel hervor. Den einen steckte er von innen in das Schloss, dann versuchte er den 2ten von außen in das Schloss zu führen, aber so sehr er sich auch mühte, es wollte nicht gelingen.

»Sehen Sie, lieber Freund? Es kann immer nur ein Schlüssel zur Zeit in dem Schlosse stecken. Wenn die Truhe von außen verschlossen worden wäre, wie kommt hernach der Schlüssel in das Innere des Schlosses? Das ist nicht möglich. Wie man es auch dreht und wendet. Der Großherzog hat noch gelebt, als er die Truhe von innen verschloss, und von da an konnte niemand mehr an ihn heran.«

»Wie hat man ihn gefunden?«

»Der Großherzog stand immer sehr zeitig auf. An jenem Morgen jedoch nicht. Aus verständlichem Grunde. Als er auch zur Mittagsstunde noch nicht erschienen war, klopfte man an seinem Schlafgemache an. Da er jedoch für sein cholerisches Temperament bekannt war, wagte niemand, ohne seine Erlaubnis dort einzutreten. Schließlich fasste sich die Großherzogin ein Herz und entdeckte, dass seine Bettstatt unberührt war. Daraufhin begann man, das ganze Schloss abzusuchen.«

»Wie eigentümlich, dass man in der Truhe überhaupt nachsah«, warf ich ein.

»Zuweilen übersieht man gern das Offensichtlichste. Übrigens stand sie nicht einmal an ihrem üblichen Platze in jener Nische dort, sondern war hier in die Mitte des Zimmers gerückt worden.«

»Von wem? Vom Herzog? Die Truhe sieht ungeheuer schwer aus. Kann ein Mensch allein sie überhaupt bewegen?«

»Eine sehr gute Frage. Probieren wir es.«

Goethe sah mich aufmunternd an. Offenbar meinte er mit *wir* nur mich allein. Ich stemmte mich mit aller Kraft gegen die Truhe, aber sie bewegte sich nur wenig, wobey sie tiefe Schrammen im Holzboden hinterließ. Da sonst keine Schrammen zu entdecken waren, war es offenkundig, dass die Truhe nicht geschoben worden seyn konnte. Schließlich kam mir Goethe zu Hilfe, und wir versuchten, sie anzuheben, aber das misslang, denn, war sie leer schon ungeheuer schwer, mit dem Leib des Großherzogs darin war es gänzlich unmöglich, sie zu zweit anzuheben. Um diese Truhe in die Mitte des Zimmers zu bringen, waren im Mindesten vier kräftige Männer nöthig.

»Im Übrigen sind alle Thüren des Schlosses, welche ins Freie führen, stets von innen verschlossen«, fuhr Goethe fort, »die Schlösser sind alle unversehrt, und auf Grund der winterlichen Kälte werden die Fenster fast nie geöffnet, und wenn, dann nur sehr kurz. So betrachtet, ist es fast unmöglich, dass es einem Eindringling hätte gelingen können, ungesehen in das Schloss zu gelangen.«

»Bleiben nur die Familie selbst und die Dienerschaft als Verdächtige.«

»Als Verdächtige für was? Der Großherzog hat sich lebend in die Truhe eingeschlossen.«

»Sie haben Recht, es ist gar zu vertrackt. Trotzdem sollten wir sie alle befragen.«

»Das werden wir. Aber zuerst muss die Großherzogin wieder etwas zu Kräften kommen. Die Geschehnisse haben sie auf das Äußerste erschüttert.«

Ich nickte und trat wieder an die Truhe heran. Plötzlich hatte ich einen Einfall. Ich begann, sie aus nächster Nähe zu erforschen. Stück für Stück tastete ich alles ab und suchte nach verborgenen Ritzen und Mechanismen. Das war des Rätsels Lösung: Eine Geheim…

»Es ist keine Geheimthür vorhanden. Ich habe selbst bereits alles untersucht«, sagte Goethe etwas gelangweilt. Er hatte sich indes gründlich im Zimmer umgesehen, aber nichts schien sein Interesse auf sich zu ziehen.

Erhitzt sank ich auf einen Stuhl.

»Ich glaube nicht an Wunder, aber langsam weiß ich nicht mehr, was ich glauben soll.«

»Geheimnisse sind noch keine Wunder«, erwiderte Goethe. »Und bislang ist es nur ein Geheimnis.«

»Sie haben vollständig Recht, lieber Freund«, rief ich aus. »Ein Wunder liegt hier nicht vor.« Und ich wollte fortfahren »Und erst Recht kein …« Allein, so sehr ich mir auch wünschte, es auszusprechen, das bewusste Wort wollte mir nicht über die Lippen kommen.

Siebtes Kapitel

Wir verbrachten noch eine weitere Stunde damit, den Saal auf das Genaueste zu inspizieren, doch schließlich gaben wir auf.

Draußen war es bereits dunkel geworden, aber der Vollmond schien, so dass wir unseren Weg gewiss ohne Umstände finden würden.

Wir hatten soeben die Thüre des Saales hinter uns geschlossen, als wir einen lauten Schlag hörten, gleichsam als sey ein schweres Möbelstück umgestürzt. Gleich darauf vernahmen wir Stimmen. Eine sehr laute und hitzige und eine leise, welche in vollkommener Ruhe antwortete. Was gesprochen wurde, war nicht zu verstehen, aber es war offensichtlich, dass hier zwei Männer stritten. Im nächsten Moment wurde in dem Stockwerk über uns eine Thüre aufgestoßen, und jemand eilte mit schweren Schritten die Treppe hinunter. Goethe wandte sich zu mir und legte seinen Zeigefinger an die Lippen. Von dort, wo wir standen, konnten wir einen kurzen Abschnitt der Treppe sehen, aber nur einen Augenblick später erblickten wir den Besitzer der lauten Stimme außer sich vor Wut die Treppe hinunter- und aus der Hausthüre stürmen: Prinz von S.

Wir warteten einige Minuten, bevor wir uns anschickten, das Schloss ebenfalls zu verlassen. Unverzüglich bestieg Goethe sein Pferd, und ich wollte es ihm soeben gleichtun als ich - ich weiß nicht warum - unvermittelt hochblickte. Obwohl fast alle Fenster hell erleuchtet waren, fiel mein Blick auf ein Fenster, welches in beinahe völliger Dunkelheit lag und das weit geöffnet war. Für einen flüchtigen Moment vermeinte ich inmitten der wehenden Vorhänge die Gestalt einer wunderschönen Frau zu erblicken, die traurig in die Finsternis blickte, aber im nächsten Augenblick war nichts mehr von ihr zu sehen. Möglicherweise hatten mir die in nächtliche Schatten getauchten wehenden Tücher auch nur ein Trugbild erschaffen.

Achtes Kapitel

In der Nacht fand ich nur wenig Schlaf. Ich hatte in Goethens Haus wieder meine alte Stube bezogen, in welcher ich schon so oft genächtigt; und bis tief in die Nacht hatten wir über die ungewöhnlichem Todesumstände des Großherzogs debattiert, die wildesten Theorien entwickelt und wieder verworfen, bis mir der Kopf schwirrte und wir uns zum Schlafe zurückzogen. Doch obgleich mein Körper von bleierner Müdigkeit durchtränkt war, vermochte ich es nicht, meine Gedanken von den Erlebnissen des Tages hinfort zu lenken. Wieder und wieder betrachtete ich die Fakten wie ein Prisma, welches man ins Licht hält und das mit jeder Bewegung sein Aussehen verändert. Doch ich mochte es drehen und wenden, wie ich wollte, nichts wollte mir einen Sinn ergeben.

Neuntes Kapitel

Ich erwachte erst zur Mittagsstunde. Rasch kleidete ich mich an und verließ die Stube. Die Dienstmagd teilte mir mit, dass der Herr Geheimrat das Haus bereits vor Stunden verlassen hätte. Wohin, habe er nicht gesagt, und wann man ihn zurück erwarten solle, ebenfalls nicht. Mir war es Recht, denn die Ereignisse des Vortages erschienen mir in weite Ferne gerückt und kamen mir nun mehr vor wie eine Fata Morgana, welche nur von Zeit zu Zeit für einen Augenblick Conturen annahm und in der nächsten Sekunde bereits wieder verschwunden war.

Es ging schon auf drei Uhr am Nachmittage, ich hatte bereits sowohl ein Frühstück als auch ein Mittagsmahl zu mir genommen und in mir begann sich Sorge zu regen, dass Goethe etwas zugestoßen seyn möge, als ich endlich Schritte auf der Stiege im Erdgeschoss vernahm. Es war jedoch nicht mein Freund, der das Zimmer betrat, sondern ein Mann, der mir unbekannt war - seiner Tracht nach ein Kutscher in herzöglichen Diensten - und der mir mit einer stummen, aber dennoch respektvollen Handbewegung bedeutete, ihm zu folgen. Verwundert ging ich ihm nach, und ehe ich eine Frage an ihn richten konnte, waren wir bereits auf der Straße angelangt, wo sich eine geschlossene Kutsche befand, aus der Goethe mich ungeduldig heranwinkte. Während der Kutscher sich auf den Bock schwang, öffnete ich den Verschlag und wich erschrocken zurück. In der Kutsche saßen nicht nur Goethe selbst sowie die Herzoginmutter Anna Amalia, sondern auch niemand anders als Prinz von S.

Doch anders als bey unserer ersten Begegnung hatte der Prinz nun eine geradezu herzliche Miene aufgesetzt, welche ihn mir aber gleichwohl nicht weniger zuwider seyn ließ - ja, ich muss bekennen: In seiner freundlichen Manier gefiel mir Prinz von S. gar noch weniger als wütend. Es kleidete ihn keineswegs, und er machte auf mich den Eindruck eines wilden Nashorns, welches sich einen feinen Kragen umgebunden hatte. Sogleich setzte sich die Kutsche in Bewegung, und ich hatte nicht wenig Mühe, sowohl den Prinzen als auch die Herzoginmutter zu verstehen, da sie beide gleichzeitig auf mich einsprachen. Ich verstand jedoch, dass wir erneut auf dem Wege nach Belvedere waren, woselbst wir mit der Familie des Großherzogs sprechen würden. Die Herzoginmutter insistierte ein um das andere Mal, dass die Familienmitglieder freilich nur in ihrer Eigenschaft als Zeugen zu betrachten seyen, welche unter Umständen - möglicherweise, sogar ohne es gewahr worden zu seyn - etwas gehört oder gesehen haben, was behilflich seyn könnte, die Vorgänge aufzuklären. Jegliche Verdachtsäußerung, welche sich gegen die Familie selbst richte, habe auf das peinlichste zu unterbleiben.

Währenddessen stieß der Prinz, der seine freundliche Fratze nun wieder abgelegt hatte, derbe Beschuldigungen gegen den Bruder des Großherzogs aus, welcher zweifellos dessen Tod auf tückische Weise herbeigeführt habe. Er beschwor mich, dass ich mich nicht durch dessen meisterhaft zur Schau getragene Jovialität hinters Licht führen lasse, sondern alles in meiner Macht Stehende zu tun, jenen seiner gerechten Strafe zu überantworten. Ich nickte bald in die eine, bald in die andere Richtung und warf flehende Blicke zu meinem Freunde hinüber, dass er helfend in diese unlösbare Situation, die mich unversehens zwischen Scylla und Charybdis platziert hatte, eingreifen möge, aber Goethe sah nur versonnen aus dem Fenster, als sey er ein unbeteiligter Passagier, der nur von ungefähr in diese Kutsche geraten war.

Zehntes Kapitel

Nicht lange und wir erreichten Belvedere. Schon aus der Ferne konnte ich erkennen, dass die Fahne an der Vorderfront auf Halbmast gesetzt worden war. Ein Bedienter erwartete uns bereits und führte uns in das Innere des Schlosses, in welchem eine tiefe Stille herrschte. Wir waren inzwischen übereingekommen, mit allen Familienmitgliedern einzeln zu sprechen, angefangen mit der Großherzogin, welche nun als Witwe das neue Familienoberhaupt vorstellte. Der Bediente führte uns in einen kleinen Salon und hieß uns warten. Es wollte mir keineswegs gefallen, dass der Prinz sich weiter in unserer Mitte aufhielt, gleichsam als sey er über jeden Verdacht erhaben, wiewohl er doch ebenso sehr als der mögliche Schuldige zu gelten hatte wie alle anderen auch; ja, ich selbst war gar beinahe gänzlich davon überzeugt, in ihm den Täter zu erkennen.

Wir hatten eine ganze Weile gewartet, was die Herzoginmutter zum Anlass nahm, uns noch einmal zu beschwören, allerfeinstes Fingerspitzengefühl walten zu lassen, als wir plötzlich Schritte vernahmen und die Thüre geöffnet wurde. Herein trat aber nicht die Großherzogin, sondern ein Mann, welcher auf Grund seiner Physiognomie leicht als der Bruder des Großherzogs zu erkennen war, wenngleich er noch beleibter war als jener, jedoch auch über ein um einiges freundlicheres Antlitz verfügte. Der Prinz tat einen scharfen Atemzug, als er seiner ansichtig wurde, sagte jedoch nichts. Nach einigen verbindlichen Höflichkeitsbezeigungen von beiden Seiten räusperte sich Goethe diskret:

»Wir würden gern der Großherzogin unser Beileid bekunden, wenn es nicht allzu große Umstände macht.«

Anna Amalia nickte, wie um Goethes Worte zu bestätigen. Der Bruder des Großherzogs – oder vielleicht sollte ich sagen: der neue Großherzog – verbeugte sich leicht mit der Miene aufrichtigen Bedauerns.

»Sie mögen verzeihen, jedoch meine Schwägerin befindet sich zur Zeit nicht in der Lage, Besuch zu empfangen. Der Verlust ihres Gatten hat sie vollkommen entkräftet.«

»Das ist nur zu begreiflich«, entgegnete die Herzoginmutter verständnisvoll. »Besteht denn die Hoffnung, dass es vielleicht später am Tage noch möglich seyn wird?«

Der neue Großherzog schüttelte langsam den Kopf.

»Möglicherweise unterschätzen Sie den Ernst ihrer Befindlichkeit. Die Witwe meines armen Bruders wird – wie ich fürchte – auf sehr lange Zeit nicht in der Lage seyn, mit irgend jemandem zu sprechen. Oder überhaupt etwas zu tun. Bis das wieder der Fall ist – und niemand hofft mehr als ich, dass dies bald seyn möge –, werde ich die Angelegenheiten der Familie zu treuen Händen verwalten.«

Der Prinz warf Goethe und mir bedeutungsvolle Blicke zu, enthielt sich aber weiterhin jeder Äußerung. Auch ich bemühte mich, diese Wendung der Geschehnisse mit äußerlichem Gleichmuth aufzunehmen. Ich glaube, es gelang mir recht gut, und auch Goethe war nicht die geringste Gemütsregung anzusehen. Nur auf dem Antlitz der Herzoginmutter konnte ich für einen flüchtigen Augenblick Bestürzung erahnen.

»Das wird zweifellos das Beste seyn«, sagte Goethe schnell. »Dann bleibt uns nur noch zu fragen, ob Eure Durchlaucht in der Nacht, als Euer Bruder verstarb, oder am Tage zuvor irgend etwas Ungewöhnliches bemerkt hat.«

Ein schmerzliches Lächeln durchzog das Gesicht des Großherzogs.

»Ich wünschte, ich hätte etwas bemerkt, vielleicht wäre dann das Unglück zu verhindern gewesen, jedoch hielt ich mich an jenem Tage gar nicht hier im Schlosse auf.«

»Wo wollen Sie denn gewesen seyn?« Der Prinz war erregt aufgestanden und einen Schritt auf den Großherzog zugetreten.

»Ich habe einen Freund besucht.«

»Wo denn?«

»In ... nun, es spielt hierfür keine Rolle.«

»Wen haben Sie besucht? Ich bestehe auf einer Antwort!« Der Prinz war einen weiteren Schritt näher getreten. Seine Stimme war laut geworden.

Der Großherzog ließ sich jedoch nicht aus der Ruhe bringen.

»Das ist meine Privatangelegenheit, mein Lieber, wenn Sie nichts dagegen haben«, entgegnete er mit sanfter Stimme, und mit einem Male wurde ich gewahr, dass es dieselbe Stimme war, welche wir am Vorabend im Disput mit dem Prinzen gehört hatten.

»Natürlich ist es das«, rief die Herzogin lachend. »Natürlich ist es das.«

»Ich frage Sie ja auch nicht, wo *Sie* in der Zeit gewesen sind«, fügte der Großherzog freundlich zum Prinzen gewendet hinzu.

Alle Augenpaare waren nun auf den Prinzen gerichtet, welcher blutrot anlief und empört um Worte rang.

»Wo ich … Ich habe mit der Familie zu Abend gegessen und habe mich dann in meine Gemächer zurückgezogen.«

»Welche sich gleich *wo* befinden?«, fragte Goethe, als sey es ihm nur just entfallen. »Möglicherweise in der Nähe des …?«

»Im Kavaliershaus!« Die Stimme des Prinzen verriet Wut und Triumph. Er trat ans Fenster und zeigte mit einer heftigen Bewegung auf eines der großen Häuser, welche in etwa drei hundert Fuß Abstand zum Schlosse standen.

»Ich war die ganze Nacht dort. Meine Dienerschaft wird es jederzeit bezeugen.«

»Ich bin sicher, dass sie das wird«, versetzte der Großherzog mit feiner Ironie, und der Prinz schien sich nur mit Mühe davon abhalten zu können, sich auf ihn zu stürzen.

»Apropos …«, Goethe lächelte beruhigend in die

Runde. »Vielleicht sollten wir zunächst die Dienerschaft befragen, ob jemand etwas gesehen hat. Das scheint mir sinnvoller zu seyn, als sich über Details zu ereifern, die ohnedies nicht von Belang seyn dürften.«

Damit waren alle einverstanden, und es wurde befohlen, dass sich die gesamte Dienerschaft – vom Kammerherrn bis zur letzten Küchenmagd – unverzüglich einzufinden habe. Nicht lange und man hatte sich versammelt. Es mussten sich jetzt wohl an die dreißig Personen im Raume befinden. Auf beinahe allen Gesichtern vermochte ich eine beträchtliche Anspannung zu entdecken. Zweifellos ahnte ein jeder, dass es um den Tod des seeligen Großherzogs gehen würde.

Goethe fragte zunächst in die Runde, ob jemand etwas Ungewöhnliches bemerkt habe, wobey ich auf das Schärfste nach irgendeiner verräterischen Regung Ausschau hielt. In der Tat spiegelte sich in den Mienen der Männer und Frauen so manche innerliche Bewegung ab, allein, ich vermochte sie nicht zu deuten. Jedoch kamen sie mir sämtlich mehr oder minder verdächtig vor. Irgendetwas – das empfand ich ganz deutlich – war zumindest höchst absonderlich; ich hätte jedoch nicht zu sagen vermocht, was es war.

Als Nächstes fragte Goethe jeden einzeln, wo er oder sie sich in der Todesnacht aufgehalten habe. Es stellte sich heraus, dass sie alle schlafen gegangen waren, nachdem der Großherzog zu Bett gegangen war. Da sich sowohl die Mägde als auch die Diener jeweils zu zweit eine Stube teilten, war es äußerst unwahrscheinlich, dass einer von ihnen des Nachts unbemerkt durch das Schloss geschlichen war. Nur der Kammerherr hatte ein eigenes Zimmer, was ihn in meinen Augen zum Hauptverdächtigen machte, sollte der Prinz sich wider Erwarten doch als unschuldig erweisen.

Goethe machte sich einige Notizen in ein kleines Büchlein und wandte sich dann wieder an den neuen Großherzog.

»Erlauben Sie, dass wir zum Abschluss die Prinzessin befragen, ob sie etwas bemerkt hat?«

Der Großherzog zögerte einen Moment. Es war das erste Mal, dass ich für einen flüchtigen Augenblick eine Spur von Verärgerung in seiner Haltung bemerkte. Doch so schnell, wie sie erschienen war, so schnell war sie auch wieder verschwunden. Er gab der Dienerschaft einen Wink, sich zurückzuziehen, und wandte sich wieder zu Goethe.

»Wenn Sie es für unbedingt notwendig erachten, will ich es gestatten, doch ich bitte Sie, lassen Sie Ihr Taktgefühl walten. Dorothea hat soeben ihren Vater verloren.«

»Gewiss!« Goethe verbeugte sich respektvoll.

Die Dienerschaft hatte inzwischen das Zimmer verlassen, nur ein älterer Kammerdiener zögerte noch in der Thüre. Er verweilte einen Moment unschlüssig und drehte sich dann zu uns anderen um.

»Die Prinzessin ist nicht da, Eure Durchlaucht.«

Der Großherzog wandte sich erstaunt um. »Wo ist sie denn?«

»Nicht auf ihrem Zimmer und auch sonst hat sie niemand gesehen.«

»Unsinn, sieh er nach, wo sie steckt«, befahl der Großherzog unwirsch. Der Diener verbeugte sich hastig und verschwand.

Goethe war inzwischen ans Fenster getreten und sah aufmerksam in die weiße Winterlandschaft, beinahe, als hielte er nach etwas Ausschau. Dann wandte er sich abrupt zum Großherzog um.

»Nun gut, wir können genau so gut ein anderes Mal mit der Prinzessin sprechen. Es ist anzunehmen, dass sie ohnehin nichts bemerkt hat.«

Der Großherzog nickte zustimmend.

»Wenn Eure Durchlaucht erlauben, werden wir uns nun verabschieden.«

Wieder nickte der Großherzog. Anna Amalia erhob sich und drückte dem Großherzog mitfühlend beide Hände. Dann wandte sie sich zum Gehen. Goethe und ich folgten ihr.

Der Prinz hingegen machte keine Anstalten zu gehen, er verbeugte sich fast schon unhöflich knapp gegen die Herzoginmutter, uns ignorierte er vollständig, offenkundig brannte er darauf, dass wir ihn mit dem Großherzog allein ließen.

Wir gingen zum Ausgang und hatten ihn bereits beinahe erreicht, als Goethe, wie einer plötzlichen Eingebung folgend, inne hielt und die Herzoginmutter bat, allein nach Weimar zurückzufahren und ihm seine eigene Kutsche zu schicken. Er und ich würden uns ein letztes Mal das Todeszimmer ansehen wollen.

Die Herzoginmutter nickte nur müde und verabschiedete sich. Ich sah Goethe fragend an, war ich doch einigermaßen davon überzeugt, dass es in jenem Raume nichts, weiter zu entdecken gab. Goethe sagte jedoch nichts, und so begaben wir uns erneut in den ersten Stock.

In dem Zimmer hatte sich nichts verändert. Selbst der undefinierbare Geruch vom Vortage hing noch in der Luft, wenn auch bedeutend schwächer. Goethe schloss leise die Thüre, eilte ans Fenster und zog hastig die Vorhänge zu. Mit dem Zeigefinger schob er die Vorhänge auf Augenhöhe einen Zoll breit auseinander, so dass er nach draußen sehen konnte, ohne selbst von dort wahrgenommen werden zu können. Er schien angestrengt auf einen bestimmten Punkt in der Ferne zu starren, aber offenkundig fand er nicht, was er suchte.

Ich trat an die Truhe heran und öffnete behutsam den Deckel. Die Truhe war leer, was mich keineswegs überraschte. Hier im Schlosse war es zu warm, der Leichnam würde schnell in Verwesung übergehen. Wahrscheinlich hatte man ihn einstweilen in einen der Eiskeller gebracht, in denen im Sommer die Lebensmittel vor der Hitze geschützt wurden.

Draußen hatte jetzt ein dichtes Schneegestöber eingesetzt, so dass die Landschaft nur noch zu erahnen war. Goethe trat dichter an die Scheibe und kniff die Augen zusammen. Ich fragte ihn, wonach er denn suche, aber er schien mich gar nicht zu hören. Es mochten etwa dreißig Minuten vergangen seyn, ich hatte mich noch einmal gründlich im Zimmer umgesehen, ohne jedoch die Hoffnung zu hegen, etwas Neues zu entdecken, als das Schneetreiben urplötzlich aussetzte.

»Teufel nochmal!«, hörte ich meinen Freund plötzlich ausrufen. Wütend wandte er sich um und stürmte zur Thüre. »Schnell, wir kommen zu spät!«

Ohne dass ich wusste, wie mir geschah, folgte ich Goethe, welcher bereits aus dem Saale gestürzt war, woraufhin ein Diener, der eben dort entlang ging, gar fürchterlich erschrak. Goethe packte ihn mit wildem Blick am Arm.

»Wo geht's zur Kammer der Prinzessin?!«

Der Diener starrte ihn nur offenen Mundes an.

»Nun red' er, Kerl!«

»Dort, Herr!« Er wies mit dem Arm auf das Stockwerk über uns. »Das Zimmer am Ende des Ganges.«

Goethe rannte los, wie von tausend Furien gehetzt, und ich beeilte mich, mit ihm Schritt zu halten. Vor der Thüre der Prinzessin angekommen, blieb er stehen, um wieder zu Atem zu kommen. Dann legte er das Ohr an das Holz und lauschte. Schließlich klopfte er an. Von einer jungen Frauenstimme erklang ein kaum zu vernehmendes »Herein«. Goethe und ich traten ein.

Ich erkannte sie sogleich. Die Frau, welche ich am Abend zuvor an dem dunklen Fenster erblickt hatte, war also doch keine Erscheinung gewesen, sondern stand jetzt leibhaftig vor uns. Bey Tageslicht war sie sogar noch schöner, obgleich Augen und Nase gerötet und ihre schwarzen Haare zerzaust waren. Eine unendliche Traurigkeit lag auf ihrem Antlitz.

»Was wünschen Sie?«, fragte sie mit tränenerstickter Stimme.

Goethe stand stumm da und rührte sich nicht. Ich konnte ihm ansehen, dass er am liebsten sogleich aus der Stube geflohen wäre. Nicht zum ersten Male sah ich ihn so. Wusste ich doch, dass er leidende Menschen mied, wo er nur konnte, da sich ihr Leiden fast unmittelbar auf ihn übertrug. So übernahm ich es, uns und unser Begehr vorzustellen.

Die Prinzessin hörte mit hoffnungsloser Miene zu, ohne einen von uns anzublicken. Schließlich fragte ich sie, ob sie in der schrecklichen Nacht etwas gehört oder gesehen hatte. Sie hob den Kopf und sah mich an, als ob sie meiner erst in diesem Augenblicke gewahr würde. Dann brach sie in Tränen aus. Heftiger und heftiger wurde ihr Schluchzen, und Goethe, der plötzlich aus seiner Erstarrung zu erwachen schien, trat zu ihr und zog ein Schnupftuch hervor, welches er ihr reichte. Sie nahm es, ohne ihn anzusehen, und presste es an die Augen. Für einen ewig scheinenden Augenblick standen wir unbehaglich da, dann wandten wir uns gleichzeitig ab und verließen leise das Zimmer.

Kaum hatte ich die Thüre hinter uns geschlossen, schnappte Goethe nach Luft, wie ein Taucher, welcher sich im Wasser zu tief gewagt und nun mit knapper Not noch die rettende Oberfläche erreicht hat. Für einige Sekunden stand er so, dann schien er sich von dem Schrecken befreit zu haben. Ich wollte etwas sagen, aber Goethe schnitt mir mit einer Geste zur Thüre das Wort ab. Langsam gingen wir den Flur entlang und dann die Treppen hinunter. Im Hause war es totenstill. Falls der Prinz erneut mit dem Großherzog stritt, so tat er es diesmal auf leisere Art.

Wir traten aus der Schlossthüre hinaus ins Freie, wo uns heftiges Schneegestöber empfing. Wir warfen uns, so schnell wir es vermochten, in Goethes Kutsche, welche inzwischen aus Weimar eingetroffen war, und ich freute mich, der bedrückenden Atmosphäre des Schlosses endlich entflohen zu seyn. Der eisige Fahrtwind pfiff durch alle Ritzen. Goethe zog zwei Wolldecken unter meinem Sitz hervor, reichte mir die eine und breitete die andere über seine Beine aus. Dann lehnte er sich erschöpft, aber mit einem zufriedenen Ausdruck zurück.

»Nun, was halten Sie von alledem, lieber Freund? Die Sache wird immer vertrackter.«

»Zumindest gibt es einen Hauptverdächtigen«, entgegnete ich.

Überrascht sah mich Goethe an. »Ei, wer wäre das?«

Nun war es an mir, ihn ebenso überrascht anzublicken. »Nun wohl, der Prinz selbstredend.«

»Warum dies?«

»Wer sonst? Die Großherzogin und die Prinzessin sterben fast vor Kummer über den Tod des Großherzogs. Sie scheiden mithin aus. Der jüngere Bruder hätte zwar ein sehr gutes Motiv gehabt, er folgt dem Großherzog auf dem Throne nach und hat nun nicht nur die Verfügungsgewalt über das Vermögen des Fürstentums, sondern hat sich auch noch zum Treuhänder des Familienvermögens aufgeschwungen.

Trotzdem müsste ich mich in meiner Menschenkenntnis furchtbar täuschen, wenn er deshalb zum Verbrecher geworden wäre. Er scheint ein gutes Herz zu haben. Die Dienerschaft wiederum hatte bis auf den Kammerherrn keine Gelegenheit. Und jener ist mindestens 60 Jahre alt und verfügt wohl kaum über die Bärenkräfte, die es verlangt, um den Großherzog zu erwürgen und die schwere Truhe in die Mitte des Raumes zu bewegen. Wer allerdings - als Einziger - über solche Kräfte verfügt, ist der Prinz. Zudem ist er ein verschlagener Bursche, dem ich grundsätzlich jede Schändlichkeit zutraue.«

»Sicher, der Bursche ist der geborene Missetäter«, versetzte Goethe. »Allerdings - was hätte er durch einen Mord gewinnen können? Als der Großherzog noch lebte, war der Prinz im Begriffe, eine unermesslich reiche Erbin zu heiraten, nun jedoch ist sie finanziell der Gnade ihres Oheims ausgeliefert.«

»Der Prinz ist ohne Zweifel schon selbst unermesslich reich.«

»Wer viel Geld hat, will immer noch mehr. - Aber noch etwas spricht dagegen, dass er es war.«

Ich sah Goethe zweifelnd an. »Nun?«

»Der Prinz wohnt im Kavaliershaus. In der Todesnacht lag Schnee. Wenn der Prinz ins Schloss geschlichen wäre, hätte er Spuren hinterlassen, welche man mit Gewissheit entdeckt hätte.«

»Aber, wenn es der Prinz nicht war - und ich gebe keineswegs bereits zu, dass er es nicht gewesen seyn kann -, wer soll es dann gewesen seyn?«, rief ich aus.

Goethe antwortete nicht. Schließlich fragte er unvermittelt: »Was hat die Prinzessin im Kavaliershaus gesucht?«

»Wie bitte?«

»Man hat sie doch im Schlosse nicht gefunden. Und sie hatte eine gerötete Nase, weil sie in der Kälte war.«

»Man kriegt eine rote Nase auch vom Weinen.«

»Kriegt man vom Weinen auch eiskalte Finger?«

Ich sah Goethe überrascht an.

Goethe lächelte hinterlistig. »Ich hatte ihr ein Schnupftuch gereicht, wissen Sie noch?«

»Gut, dann war sie draußen. Vielleicht um frische Luft zu schöpfen.«

»Keineswegs. Als wir mit dem Großherzog sprachen, sah ich aus dem Fenster und bemerkte eine Spur, welche von einem Seiteneingange des Schlosses zum Kavaliershaus führte. Ich hatte sogleich eine Vermutung, daher mein schneller Aufbruch. Ich wollte sehen, ob mein Verdacht sich als richtig erweisen würde. Leider hat das dichte Schneetreiben meine Sicht so stark behindert, dass ich ihre Rückkehr nicht sehen konnte, aber als es geendet hatte, führte die Spur bereits wieder zurück. Ich schloss daraus, dass die Prinzessin inzwischen zurückgekommen war. Und tatsächlich haben wir sie ja auch auf ihrem Zimmer angetroffen.«

»Und wenn schon? Dann war sie dort. Ihr Verlobter wohnt da.«

»Oh, Verzeihung, hatte ich das nicht erwähnt? Die Spuren führen nicht zu dem Kavaliershaus des Prinzen. Sondern zu dem auf der gegenüberliegenden Seite.«

Ich stutzte. »Hat die Familie denn noch weitere Gäste?«

»Zumindest keine, welche man uns gegenüber erwähnt hat.«

Goethe und ich sahen uns nachdenklich an.

Den Rest der Fahrt schwiegen wir und hingen unseren Gedanken nach.

Elftes Kapitel

Während das Abendmahl vorbereitet wurde, hatte ich mich in eine Ecke zurückgezogen, um meine bisherigen Beobachtungen zu Papier zu bringen. Ich hegte die Hoffnung, dass es mir gelingen würde, alle Umstände, wenn sie nur erst säuberlich ausgebreitet vor mir lägen, in eine sinnvolle Ordnung zu bringen. Überdies hatte ich das Gefühl, zu irgendeinem Zeitpunkt des Tages ganz nebenher etwas Wichtiges bemerkt zu haben, jedoch war es nicht bis in mein Bewusstsein gerückt. Ich zermarterte mir das Hirn, was es wohl seyn könnte, doch es wollte mir nicht aufgehen.

Goethe indes schien die Vorgänge des Tages inzwischen vollständig vergessen zu haben. Er war gänzlich darin vertieft, Briefe zu beantworten; nicht, ohne resigniert vor sich hinzufluchen, dass die meisten der Absender anscheinend nichts Besseres im Sinn hätten, als ihm mit nichtigen Eseleien die kostbare Zeit zu stehlen. Auch nach dem Essen blieb Goethe mürrisch und einsilbig, und so verbrachten wir den Rest des Abends getrennt. Er schrieb noch weitere Briefe, während ich mich noch einige Stunden an den Kamin setzte und über die sonderbaren Ereignisse nachsann.

Schließlich ging ich zu Bett und fiel in wilde Alpträume, in denen ich mich an Stelle des getöteten Großherzogs sah. Unsichtbare Hände würgten mich, bis ich keine Luft mehr bekam und mein Gesicht sich blau färbte. Mit einem Schrei erwachte ich. Und im nächsten Augenblick wusste ich, was ich, ohne es zu bemerken, gesehen hatte: Beinahe die ganz linke Gesichtshälfte der Prinzessin war von einer dunkelblauen Färbung verunstaltet gewesen, welche jedoch mit Puder recht gut, wenn auch nicht perfekt kaschiert worden war. Wenn die Prinzessin keinen Unfall gehabt hatte, war sie von jemandem brutal misshandelt worden. Sogleich musste ich wieder an die rohe unbeherrschte Art des Prinzen denken, und meine Fäuste ballten sich unwillkürlich zusammen.

Ich brauchte lange, um wieder in den Schlaf zu finden.

Zwölftes Kapitel

Ein lautes Pochen an meiner Kammerthüre riss mich aus dem Schlafe. Erschrocken richtete ich mich auf, als Goethe auch schon die Thüre aufriss und mir zurief, dass wir ungesäumt aufbrechen müssten. Im Belvedere sey erneut etwas vorgefallen.

Ich eilte mich, meine Kleider anzulegen, und hastete die Treppe hinunter zur Kutsche, wo Goethe mich schon voller Ungeduld erwartete.

»Was ist denn geschehen?«, fragte ich atemlos.

»Ich weiß nur so viel, als Sie wissen. Vor zehn Minuten kam ein Bote des Großherzogs, der mir nicht mehr mitteilte, als dass unser Kommen unverzüglich erforderlich sey.«

Nach einer viertel Stunde erreichten wir zum dritten Male in wenigen Tagen das Schloss. Noch während wir auf die Thüre zugingen, wurde sie bereits von einem Bedienten, welcher uns offenbar erwartet hatte, geöffnet. Wir betraten die Eingangshalle und sahen durch die geöffnete Salonthüre den Großherzog, der uns, sobald er unserer ansichtig wurde, mit blasser Miene entgegen eilte.

»Kommen Sie! Etwas schier Unfassbares ist geschehen.«

Wir folgten ihm, begleitet von zwei bewaffneten

Dienern, aus dem Hause und durch den verschneiten Park, vorbey an einem Heckenlabyrinth, über einen Waldweg bis hin zu einem der separat stehenden kleinen Steinpavillons, welche als Eiskeller dienten.

Goethe und ich warfen uns einen Blick zu. Lag hier der tote Großherzog? Was gab es bloß zu sehen?

Der Großherzog öffnete die Gitterthüre, und wir stiegen über eine sehr enge Treppe in die Tiefe. Einer der Diener blieb oben zurück, der andere folgte uns. Nach etwa drei bis vier Metern wurde ich eines üblen Geruches gewahr, und wir betraten die Eiskammer. Auf einem Tische an der Wand lag auf einem Bett von Eis, welches man aus dem See des Schlosses gebrochen hatte, ein verhülltes Gebilde. Wir traten heran, und ich konnte hören, wie der Großherzog den Atem anhielt. Dann zog er das Tuch zur Seite.

Ich habe in meiner Zeit als Mediziner gewiss manch Abstoßendes gesehen, aber das hier übertraf alles. Der Körper des alten Großherzogs, obschon erst vor drei Tagen verstorben und seither in der Kälte liegend, befand sich im Zustand fortgeschrittenster Verwesung.

»Das ist unmöglich!«, entfuhr es Goethe.

Für einen Augenblick kam mir der Gedanke, dass es sich bey diesem Leichnam gar nicht um den Großherzog handelte, aber ein Blick in das grauenhaft zersetzte Gesicht bestätigte mir das Gegenteil.

Er war es unzweifelhaft.

»Wer hat ihn so entdeckt?«, fragte ich.

»Die Großherzogin. Sie wollte ihn noch einmal sehen, und dann … Dieser erneute Schlag hat sie schwer getroffen. Ich bete, dass …« Der Großherzog ließ den Satz unvollendet.

Schweigend stapften wir zurück zum Schlosse.

Dreizehntes Kapitel

Wir betraten den Salon, und der Großherzog schloss eigenhändig die Thüre, nachdem er die Diener mit einer Handbewegung aus dem Raum gewunken hatte.

»Ich wünsche, dass Sie bis auf Weiteres hier im Hause logieren.«

Aus Goethes Miene sprach heftigste Ablehnung. »Aber …«

»Ich würde es nicht verlangen, wenn es nicht unbedingt erforderlich wäre. Ihre Zimmer sind bereits vorbereitet.«

»Warum ist es denn erforderlich?«, wagte ich einzuwenden.

»Sie müssen sich am Ort des Geschehens befinden. Nur so können Sie rechtzeitig zur Stelle seyn, wenn sich weitere Vorfälle ereignen sollten.«

»Weitere Vorfälle? Welcher Art?«

Der Großherzog zögerte einen Moment. »Übernatürlicher Art.«

Goethe und ich sahen uns an. Goethe hob an zu

sprechen, jedoch der Großherzog schnitt ihm mit einer Handbewegung das Wort ab und zog an einer Klingelschnur.

»Ich will, dass Sie beide jemanden kennenlernen, meine Herren.«

Wenige Augenblicke später wurde die Thüre von einem Bedienten geöffnet, und herein trat ein gebeugter Mann von etwa 65 Jahren mit schütterem Haar und Brille.

»Darf ich bekannt machen? Geheimrat von Goethe, Hofrat Schiller - Professor Kranigk.«

Vierzehntes Kapitel

Für einen Augenblick stutzte ich, da mir der Name absonderlich bekannt vorkam, ich jedoch nichts mit ihm anzufangen wusste, doch sogleich erinnerte ich mich wieder an den Brief, welchen der verstorbene Großherzog erhalten hatte und in dem von einem fluchbeladenen Ringe die Rede gewesen war. Ich hatte den Brief entweder für einen dummen Scherz oder die Ausgeburt eines verstörten Geistes gehalten, aber der wohlgenährte alte Mann mit den schlohweißen Haare, welcher jetzt gebeugt vor uns stand, wirkte in keinster Weise närrisch, sondern gefasst und vernünftig.

Der Professor verbeugte sich ungeschickt und blinzelte uns freundlich durch seine Brille an. Goethe nickte ihm kühl zu. Menschen, die eine Brille trugen, waren ihm von jeher verhasst.

»Erzählen Sie den Herren, was Sie mir erzählt haben«, befahl der Großherzog dem Professor.

Jener verbeugte sich erneut, zog ein Bündel Papiere aus der Seitentasche seines abgewetzten Gehrockes und räusperte sich umständlich.

»Sicherlich wird es Sie befremden, wenn ein Mann der Wissenschaft von übernatürlichen Erscheinungen spricht, und ich versichere Ihnen, ich selbst habe mich jahrzehntelang geweigert, an ihre Existenz zu glauben, aber die Umstände haben mich anderen Sinnes werden lassen. Bitte hören Sie mich an.«

Der Großherzog machte eine einladende Geste in Richtung einiger Sessel, und wir setzten uns. Der Professor sah unsicher in die Runde, als warte er auf irgendeinen Einwand von unserer Seite. Als er merkte, dass keiner kommen würde, begann er zu erzählen:

»Die Geschichte des Ringes beginnt im Jahre 1640 oder 41. Die erste Besitzerin war eine andalusische Gräfin gewesen. Ihr Name war Carlotta. Ihr Gemahl war berüchtigt für seine Strenge und Grausamkeit gegenüber seinen Untertanen. Eines Tages musste er es wohl zu weit getrieben haben, und eine rasende Bauernmeute hatte das Schloss gestürmt. Zuerst tötete man ihn. Dann seine Kinder und Diener. Die Gräfin hatte sich in den höchsten Turm geflüchtet, aber schließlich fand man auch sie. Sie flehte um Gnade und bot den unermesslich kostbaren Ring als Preis für ihr Leben an. Doch es half nichts. Mit Mistgabeln stach man auf sie ein, bis sie tödlich verwundet in ihrem Blute lag. Sterbend wurde sie gewahr, wie man ihr den Ring vom Finger zog, und mit letzter Kraft stieß sie einen Fluch aus, dass bis zum Jüngsten Tage jeder künftige Besitzer des Ringes einen ebenso schrecklichen Tod wie sie erleiden solle. Dann starb sie. Für etwa dreißig Jahre verlor sich die Spur des Ringes. Schließlich tauchte er in Sevilla wieder auf, diesmal im Besitz eines spanischen Kardinals. Eines Tages erschütterte ein Erdbeben die Stadt. Von panischem Schrecken ergriffen, liefen alle Bürger ins Freie. So auch der Kardinal. Kaum war er jedoch im Freien, stürzte der Glockenturm der Kirche ein, aber wie durch ein Wunder wurde niemand von den zu Boden fallenden Trümmern verletzt. Niemand außer dem Kardinal, welchem durch einen Ziegel der Schädel in zwei Hälften gespalten wurde. Erneut verschwand der Ring für mehrere Jahrzehnte. Der nächste Besitzer war ein portugiesischer Baron, der in seinem Schloss verbrannte, dann ein russischer Großfürst, welcher vergiftet wurde. Dann sein Sohn, auf Grund einer Verwechslung wegen Hochverrats hingerichtet. Die Aufzählung lässt sich fortführen und fortführen. Wer immer den Ring in Besitz nahm, starb innerhalb von wenigen Monaten eines unnatürlichen und grausamen Todes.«

Der Professor breitete seine Aufzeichnungen auf einem Tisch aus. Da Goethe nicht reagierte, begann ich sie einer genauen Prüfung zu unterziehen. Und in der Tat, hier fand sich alles, was der Professor erzählt hatte (und noch mehr) durch beurkundete Zeugenaussagen und Zeitungsberichte bestätigt. Allesamt säuberlich ins Deutsche übersetzt.

Der Professor sah erst den Großherzog, dann mich und Goethe an. Ohne Frage erwartete er irgendeine Reaktion, aber niemand sagte etwas.

Schließlich hob der Großherzog zum Sprechen an: »An Flüche glaube ich nicht, andererseits eine solche Häufung mysteriöser Todesfälle …«

»Zufälle! Alle auf natürliche Weise erklärbar!«, schnaubte Goethe.

»Sie haben gut reden«, entgegnete der Professor. »Aber wer diesen Ring besitzt, sieht es wohl mit anderen Augen. Aus diesem Grunde hatte mir der Verstorbene zweifellos auch geschrieben und mich dringend gebeten, unverzüglich herzukommen.« Ein Zug von Bitternis huschte über sein Gesicht. »Ich wünschte, er hätte es früher getan, dann hätte ich …«

»Dann hätten Sie was?«, entfuhr es Goethe unwirsch.

»Dann hätte ich das Unglück verhindern können.«

»Gewiss doch«, entgegnete Goethe spöttisch. »Wie schade, dass Sie vergebens gekommen sind.«

»Das würde ich nicht sagen«, entgegnete der Professor. »Für den letzten Besitzer des Carlottaringes kommt in der Tat jede Hilfe zu spät, aber die Frage ist: Wem gehört der Ring jetzt?«

Der Großherzog sah erschrocken auf. »Sie meinen …?«

»Gewiss. Der Fluch besteht fort, und wer immer der neue Besitzer des Ringes ist, schwebt in höchster Gefahr.«

Der Großherzog ließ ein verquältes Atmen hören.

»Wer ist der gegenwärtige Besitzer des Ringes?«, wandte sich der Professor an ihn.

»Nun, ich weiß es gar nicht so recht. Der Ring sollte das Hochzeitsgeschenk für den Prinzen seyn. Insofern … Jedoch, bis es soweit ist, denke ich, gehört der Ring meiner Schwägerin.«

Der Professor straffte sich, eine plötzliche Entschlossenheit war in seiner Stimme. »Es gilt keine Zeit zu verlieren, wir müssen ungesäumt handeln.«

»Was ist zu tun?« Der Großherzog wirkte erleichtert. »Den Ring veräußern?«

»Und so den nächsten Besitzer dem Fluch ausliefern?« Der Professor schüttelte heftig den Kopf. »Überdies, bis man einen solchen Käufer findet, kann es bereits zu spät seyn.«

Fast schon verzweifelt griff der Großherzog nach dem Arm des Professors.

»Um Himmels willen, was dann?«

»Es existiert nur eine Lösung. Der Ring muss zerstört werden.«

Goethe warf mir einen kurzen Blick zu, den ich nicht zu deuten vermochte.

Der Großherzog starrte den Professor entgeistert an. »Wissen Sie denn nicht, wie wertvoll dieser Ring ist?«

Der Professor erhob sich behutsam aus seinem Sessel. »Das ist mir natürlich bewusst, und ich wünschte es gäbe eine andere Möglichkeit. Allein – es gibt keine. Der Carlottaring muss …«

Der Professor kam nicht dazu, seinen Satz zu vollenden, denn im nächsten Augenblick stand der Sessel, in welchem er noch einen Moment zuvor gesessen hatte, lichterloh in Flammen. Von panischem Entsetzen ergriffen, machte er einen Satz zur Seite, und auch wir anderen fuhren aus unseren Sesseln hoch und wichen unwillkürlich vor dem brennenden Möbelstück zurück.

Goethe fasste sich als Erster: Mit einem Satz war er am Fenster, riss mit einem gewaltigen Ruck einen bodenlangen Vorhang herunter, warf ihn über den brennenden Sessel und erstickte so die Flammen. Erleichtert atmete ich auf. Dann fiel mein Blick auf den Professor, welcher in den hintersten Winkel des Raumes zurückgewichen war und am ganzen Körper zitterte wie ein verschrecktes Kaninchen. Der Großherzog starrte düster zu dem rauchenden Stuhle.

»Der Fluch«, murmelte er. »Der Fluch!«

Fünfzehntes Kapitel

Es waren nur wenige Minuten vergangen, aber der Großherzog schien in dieser kurzen Zeit um viele Jahre gealtert zu seyn. Niedergesunken in seinem Sessel, war er mit seinen Gedanken weit entfernt. Wir anderen standen um ihn, nicht recht wissend, ob wir bleiben oder gehen sollten. Schließlich schien er wieder zu sich zu kommen. Geradezu flehentlich sah er Goethe und mich an.

»Sagen Sie mir, dass es eine Erklärung dafür gibt.« Er zeigte auf den verbrannten Sessel.

Goethe schüttelte bedauernd den Kopf. »Natürlich gibt es eine, aber in diesem Augenblicke kennen wir sie nicht.«

»Sie müssen der Wirklichkeit ins Gesicht sehen. Solange der Ring existiert, werden solche Dinge hier immer wieder passieren, und niemand ist davor sicher«, meldete sich der Professor zu Worte.

Der Großherzog sah Goethe beschwörend an: »Was soll ich tun?«

Goethe verschränkte die Arme und sah an die Decke. »Wenn es Sie beruhigt, zerstören Sie den Ring.«

»Aber der Ring ist unermesslich kostbar«, stammelte der Großherzog hilflos.

»Dann zerstören Sie ihn eben nicht.«

»Und was denken Sie?«, wandte sich der Großherzog an mich.

»Wenn es keinen Fluch gibt und Sie den Ring zerstören, verlieren Sie nur Geld, aber wenn Sie den Ring nicht zerstören und es existiert tatsächlich ein Fluch …«

»Wir müssen ihn zerstören«, unterbrach der Professor erregt. »Jetzt sogleich. Es gilt, keine Sekunde mehr zu verlieren!«

Verzweiflung lag auf dem Antlitz des Großherzogs. Angestrengt schien er einen Ausweg zu suchen. Schließlich seufzte er.

»Ich weiß nicht, ob es einen Fluch gibt, oder nicht, jedoch das Risiko ist zu groß.« Dann wandte er sich an den Professor.

»Nun denn, zerstören Sie den Ring.«

Der Professor nickte erleichtert. »Wo ist er?«

Müde erhob sich der Großherzog aus seinem Sessel. »Hier entlang.«

Wir folgten dem Großherzog in den ersten Stock und betraten erneut das Todeszimmer. Der Großherzog öffnete das Schreibkabinett, in welchem der Ring verwahrt wurde, und reichte dem Professor die Palisanderschatulle, die wir bereits kannten.

»Ich hoffe, wir tun das Richtige«, sagte er langsam und blickte uns an.

Ich nickte ihm aufmunternd zu, während Goethe nur zu Boden blickte und den Kopf schüttelte.

»Hier ist kein Ring.«

Wir sahen zu dem Professor, der uns die leere Schatulle entgegenhielt. Fassungslos nahm sie der Großherzog und schaute hinein, als hoffe er, den Ring in einem verborgenen Winkel doch noch zu erblicken. Goethe und ich ließen unsere Blicke über den Boden schweifen, um festzustellen, ob der Ring versehentlich heruntergefallen sey, während der Großherzog in rasender Hast wieder und wieder den Sekretär durchsuchte. Aber so sehr wir auch Ausschau hielten, der Ring blieb verschwunden.

»Ich werde meine Schwägerin fragen, ob sie etwas über den Verbleib des Ringes weiß«, erklärte der Großherzog. »Und Sie beide«, wandte er sich an Goethe und mich, »befragen bitte den Prinzen. Und Sie mögen einstweilen hier warten, Professor.« Der Professor krümmte sich vor Verlegenheit. »Allerdurchlauchtigster, wenn es verstattet ist, würde ich lieber an einem anderen Orte warten. Dieses Zimmer … Es hat eine unheilvolle Aura.«

Goethe sah mich an, und ich wusste, was er dachte: »Niemand hatte dem Professor verraten, was in diesem Raume geschehen war. Hat der Mann vielleicht doch einen sonderbaren Sinn für das Übernatürliche?«

Der Großherzog nickte. »Wie Sie wünschen. Bis der Ring gefunden und zerstört ist, möchte ich ohnehin, dass Sie hier bleiben. Man wird Ihr Gepäck ausladen und Ihnen ein Zimmer geben. Ruhen Sie sich vorerst aus und bereiten Sie alles für die Zerstörung vor.«

Goethe kratzte sich am Kopf. »Vorbereiten? Was wollen Sie denn vorbereiten?«

Der Professor sah Goethe an, als ob dieser ein tumber Narr sey. »Nun, es genügt nicht, den Ring in Stücke zu schlagen. Dadurch zerfällt der Ring nur in seine Einzelteile, aber er existiert weiterhin. – Nein, der Ring muss sich in Nichts auflösen, damit der Fluch gebannt ist.«

»Womit wollen Sie das bewerkstelligen?«, wandte ich mich an den Professor. »Chemikalien?«

»Ganz Recht. Eine von mir entwickelte Rezeptur. Es wird nichts übrig bleiben. Weder Gold noch Stein.«

Sechzehntes Kapitel

Wenige Minuten später erreichten Goethe und ich das Kavaliershaus, in welchem der Prinz logierte. Wir klopften den Schnee von unseren Stiefeln und verlangten, den Prinzen zu sprechen, aber der Diener am Eingang erklärte uns, dass der Herr nicht im Hause sey. Es war jedoch offenkundig, dass er die Unwahrheit sprach, und so schob Goethe ihn einfach beiseite, und wir betraten die Vorhalle, welche mit zahlreichen Gepäckstücken gefüllt war. Der Diener protestierte laut, und einen Augenblick später wurde eine Thüre am Ende der Halle aufgerissen, und der Prinz trat uns mit zornesrotem Kopf gegenüber.

»Was hat das zu bedeuten?«

Goethe deutete auf das Gepäck. »Sie verlassen uns?«

»Was geht Euch das an?«

»Und Ihre Verlobte?«, fragte ich. »Wird die Kronprinzessin Sie begleiten?«

»Nein, das wird sie nicht.« Die Stimme des Prinzen war schneidend. »Die Verlobung ist gelöst. Daher gibt es für mich keinen Grund mehr zu bleiben. Ich reise morgen in der Früh ab, wenn Sie nichts dagegen haben!«

»Gewiss nicht.« Goethe verbeugte sich ausnehmend höflich.

»Wir haben nur noch eine Frage: Sie haben nicht zufällig den Smaragdring des Großherzogs an sich genommen?«

»Warum sollte ich? Er gehört mir nicht, und ich will ihn auch nicht. Wissen Sie nicht, dass er verflucht ist?«

Ohne eine Antwort abzuwarten, machte der Prinz auf dem Absatze kehrt, warf krachend die Thüre ins Schloss und ließ uns allein in der Halle stehen.

»Nun bin mehr als je davon überzeugt, dass er es ist, der hinter allem steckt«, erklärte ich erregt, als wir den Weg zum Schlosse zurückgingen. »Er war von Anfang an nur hinter dem Gelde her. Jetzt, wo die Kronprinzessin keine reiche Erbin mehr ist und der Onkel die Hand auf dem Geld hat, löst er die Verlobung und verschwindet. Und ich halte jede Wette, dass er auch den Ring genommen hat.«

Goethe stapfte mit den Händen tief in den Taschen vergraben und hochgezogenen Schultern neben mir einher.

»Hat er auch den Großherzog ermordet?«

»Auf den ersten Blick erscheint das keinen Sinn zu ergeben«, entgegnete ich, »aber vielleicht gibt es einen geheimen Grund, welchen nur er kennt.«

»Falls ja, hat er sich keinen Gefallen getan. Den neuen Großherzog hasst er aus tiefstem Herzen. Sie hätten ihn sehen sollen, als ich mich gestern Morgen mit der Herzoginmutter über die Angelegenheit beriet. Mit einem Male stürmte der Prinz herein wie der Leibhaftige und stieß wüste Beschuldigungen gegen ihn aus. Er war gar nicht mehr zu beruhigen. Sie haben ihn ja später in der Kutsche selbst erlebt. Wenn das gespielt war, war es zumindest meisterhaft ausgeführt.«

»Das war nicht gespielt«, musste ich Goethe widerstrebend beipflichten. »Er hält den Großherzog wirklich für den Mörder seines Bruders.«

»Es fragt sich, warum?«

Siebzehntes Kapitel

Erneut betraten wir das Schloss. »Ich werde den Großherzog über die Abreise des Prinzen in Kenntnis setzen. Ich bin neugierig, wie er es wohl aufnimmt. Und Sie, lieber Freund …«, Goethe senkte die Stimme, »… bitte ich, noch einmal die Dienerschaft zu befragen, ob nicht doch jemand etwas von Wichtigkeit bemerkt hat.«

»Aber das haben wir bereits getan, was sollte es also nützen?«

»Wir haben sie im Beisein des Großherzogs befragt. Da werden sie kaum frei von der Leber gesprochen haben.«

»Besonders, wenn der Großherzog in die Dinge verstrickt ist«, ergänzte ich in Gedanken.

Achtzehntes Kapitel

Am Abend suchte ich Goethe in seinem Gemach auf. Man hatte eine Kutsche zu Goethes Haus geschickt, um alles herbeizubringen, was wir in den nächsten Tagen benötigen würden, und wir hatten uns so gut als möglich eingerichtet. Goethe hatte darauf bestanden, dass unsere Zimmer nebeneinander und überdies im obersten Stockwerke zu liegen hätten, was es erforderlich machte, dass die Bedienten einige Stunden Betten und andere Möbel in die beiden einzigen passenden Zimmer schafften, bis man dort wohnen konnte, aber schließlich war es glücklich vollbracht.

Der Professor hingegen hatte ein Quartier im Erdgeschoss bezogen, da er, wie er versicherte, unter Höhenangst leide und bereits den Blick aus einem höher gelegenen Fenster nicht vertragen könne, was mich in der Tat nicht im Mindesten überraschte. Offenkundig war der Professor ein Mann mit stark überreizten Nerven. Andererseits: war das verwunderlich? Ich selbst hatte gesehen, wie der Professor um ein Haar in seinem Sessel verbrannt wäre. Durch ein Feuer aus dem Nichts. Mir kam der verweste Leichnam des Großherzogs in den Sinn und die von innen verschlossene Truhe. Konnte all dies wirklich auf natürliche Weise erklärt werden?

»Ich habe interessante Neuigkeiten«, begann ich, als ich Goethes Zimmer betrat, aber mein Freund hob den Zeigefinger an die Lippen und brachte mich so zum Schweigen. Leise schlich er zur Zimmerthüre und riss sie auf. Der Flur war leer. Goethe schloss die Thüre wieder und drehte den Schlüssel.

»Ich auch, aber berichten Sie zuerst«, sagte Goethe, während er eine der zwölf Flaschen Rotwein entkorkte, welche er aus seinem Hause hatte kommen lassen.

»Gut. – Der alte Großherzog war allgemein verhasst. Er war jähzornig und brutal und hat häufig geprügelt. Meist aus nichtigem Anlass. Haben Sie den Diener bemerkt, welcher uns vorgestern eingelassen hat?«

»Ich erinnere mich. Er hinkte sehr stark.«

»Der Großherzog hat ihn eine Treppe hinuntergeworfen.«

»Was hatte der Diener getan?«

»Nichts. Er stand nur gerade dort, als der Großherzog aus irgendeinem Grunde zornig war. Fast jeder der Bedienten weiß solche Geschichten zu erzählen. Nicht einer von ihnen bedauert, dass er tot ist.«

»Wirklich interessant«, sagte Goethe und reichte mir ein Glas Wein.

»Das erhöht die Zahl der Mordverdächtigen eklatant.«

»Ich fürchte ja, und was haben Sie zu berichten?«

Goethe nahm einen großen Schluck. »Wissen Sie, warum die Verlobung gelöst wurde?«

»Weil dem Prinzen die Mitgift zu gering war?«

»Weil die Prinzessin sich entschlossen hat, Katholikin zu werden.«

»Katholikin?« Ich sah Goethe verwundert an. »Warum so plötzlich? – Dann ist es allerdings mehr als verständlich, dass der Prinz die Verlobung gelöst hat.«

»Das hätte er wahrscheinlich getan, aber die Prinzessin ist ihm zuvor gekommen. Sie hat erklärt, dass es ihr katholischer Glaube verbiete, einen Protestanten zu heiraten. Ein überaus peinlicher Skandal für die Familie. Der Großherzog ist außer sich.« Goethe schüttete den Rest des Glases hinunter und füllte sogleich wieder nach.

»Was ist mit dem Ring?«, fragte ich. »Weiß die Großherzogin, wo er ist?«

Goethe schüttelte den Kopf. »Der Ring bleibt verschwunden.«

Neunzehntes Kapitel

Wir mochten mehrere Stunden so gesessen haben, aber so viel wir auch nachdachten und theoretisierten und so viel Rotwein wir auch tranken, wir vermochten den Schleier des Geheimnisses, der über allem lag, nicht zu lüften, so dass wir schließlich dazu übergingen, Spottnamen für den Prinzen zu ersinnen, was besonders Goethe ausnehmend leicht zu fallen schien. Ich bedauerte, mir nicht vorsorglich einige alte

Äpfel eingesteckt zu haben. Ihr köstlich gäriger Geruch hat mir beim Denken immer sehr geholfen, jedoch hatte ich glücklicherweise zumindest meine Pfeiffe dabei.

Da ich wusste, wie sehr Goethe die Unsitte der Schmauchlümmel verabscheute, öffnete ich zu vorgerückter Stunde das Fenster, um dort einige Züge zu genießen. Die klirrende Kälte, welche der Wind mir zusammen mit großen Schneeflocken ins Gesicht wehte, verscheuchte meine Müdigkeit im Nu, und mein Geist wurde wieder frischer. Goethe rümpfte missbilligend die Nase und drehte sich zur Seite, während er theatralisch hustete. Ich beachtete ihn nicht und starrte voller Behagen in die nächtliche Dunkelheit. In der Ferne hörte ich das rhythmische Schlagen von Windmühlenflügeln.

Goethe war aufgestanden und hatte eine weitere Flasche Rotwein geöffnet. Ich musste daran denken, wie wir ihn in früheren Zeiten oft genannt hatten: Tyrannenblut. Wir hatten es damals für unsere heilige Pflicht angesehen, dass er in Strömen zu fließen habe. Sorglose Zeiten waren das gewesen. Und nun befanden wir uns mitten in der Nacht in einem fremden Schlosse, in dem es ein tödliches Geheimnis gab, welches möglicherweise auch unser Leben bedrohte.

Ich musste einige Augenblicke so dagestanden haben, als es mich plötzlich wie ein Blitz durchzuckte. Es gab in der ganzen Gegend keine Windmühle. Was ich von draußen hörte, waren Schritte. Schritte im tiefen Schnee. So schnell ich es vermochte, blies ich das

Wachslicht auf dem Tische aus. Goethe wollte protestieren, aber ich brachte ihn zum Schweigen:

»Still! – Da draußen ist jemand.«

Goethe war mit einem Schlage völlig nüchtern. Leise huschte er ans Fenster und wir starrten gemeinsam in die Finsternis. Jedoch es war nicht das Allergeringste zu erkennen.

»Das kommt von dort.« Goethe zeigte nach Westen. »Beeilung!«

Wir ergriffen unsere Mäntel und rannten die Treppe hinunter und ins Freie. Die Schritte waren nur noch aus der Ferne zu hören, aber die Richtung war klar erkennbar. So schnell wir konnten, eilten wir ihnen nach. Der Wind trieb uns die Schneeflocken ins Gesicht, und wir hatten Mühe, die Hand vor Augen zu sehen. Glücklicherweise waren noch zwei Fenster des Schlosses erleuchtet und warfen ein wenig Licht auf die Wege vor uns.

Schließlich erreichten wir eine durchbrochene Hecke.

»Das Labyrinth«, flüsterte ich und lauschte.

»Dort!« Goethe zeigte auf frische Fußspuren, welche in das Labyrinth führten, und stürzte voran. Ich folgte ihm.

Im Labyrinth war das Schneetreiben nicht ganz so heftig, aber dafür drang auch das Licht vom Schlosse weniger hell herein. Wiewohl wir die Schritte vor uns nun deutlich hören konnten, vermochten wir niemanden zu erkennen. Das Laub der Hecken war zwar im Winter verschwunden, aber nun hingen diese voller

Schnee, was sie ebenso undurchsichtig machte. Die Schritte vor uns wurden lauter und lauter. Offensichtlich kamen wir immer näher. Doch mit einem Male verstummten sie. Hatte der Verfolgte uns bemerkt und war stehen geblieben? Wahrscheinlich, wir waren schließlich genauso gut zu hören wie er selbst.

Eine Weile geschah nichts. Wir waren ebenfalls stehen geblieben. Ich, um nach Geräuschen zu lauschen, und Goethe, weil er gänzlich außer Atem war. Für einen Olympier war er körperlich in keiner besonders guten Verfassung. Dann plötzlich setzten sich die Schritte erneut in Bewegung. Auch wir liefen weiter. Ich war sicher, dass er uns nicht entkommen konnte. War dem Mann - wenn es denn ein Mann war - nicht bewusst, dass wir seine Spuren im Schnee sehen konnten?

Weiter und weiter liefen wir, aber so sehr wir auch eilten, wir schienen den Schritten niemals näher zu kommen, nein, sie wurden leiser und leiser. Schließlich blieb Goethe schwer atmend stehen.

»Es ist zwecklos. Wissen Sie, wen wir da verfolgen?«

»Wen?«

»Uns selbst.« Er deutete auf die Spuren vor uns. Zu Beginn war es nur eine gewesen. Nun waren es zwei.

»Das sind unsere eigenen Spuren.«

»Aber wie …?«

»Er hat uns genarrt. Irgendwo hat er uns im Kreise geführt, und von da an sind wir nur noch uns selbst gefolgt.«

Wütend erkannte ich, dass Goethe Recht hatte. Ich

lauschte, ob ich noch irgendwo Schritte vernehmen konnte, aber es war nichts zu hören. Jetzt erst wurde ich gewahr, wie sehr ich schwitzte und wie kalt es war. Eine fatale Mischung.

»Gehen wir zurück zum Schlosse.«

»Nach Ihnen. Ich sehe nur schwarze Nacht.«

Goethe hatte so Unrecht nicht. Die Lichter im Schloss waren inzwischen erloschen, und wir standen nun in beinahe völliger Dunkelheit.

»Die Spuren. Wir müssen in unseren Spuren zurückgehen.«

Goethe nickte verdrießlich, und wir machten uns auf den Rückweg. Nun erst bemerkten wir, wie sehr wir an der Nase herumgeführt worden waren. Wieder und wieder stießen wir auf unsere eigenen Spuren, die sich zunächst verdoppelt und schließlich verdreifacht hatten.

»Ich erfriere«, presste Goethe mit bleichen Lippen hervor, und so sehr ich wusste, wie er gelegentlich übertreiben konnte, musste ich ihm innerlich zustimmen.

Langsam sah ich diese Möglichkeit auch als nicht mehr gänzlich unmöglich an. Was für ein jämmerliches Ende. Erfroren nur dreihundert Fuß neben einer warmen Behausung. Ich fragte mich, wie lange wir noch imstande waren, dies durchzuhalten, als es mich plötzlich durchzuckte. Erregt riss ich Goethe am Arm.

»Warten Sie. Wir müssen aufhören, dem Labyrinth zu folgen.«

Goethe starrte mich verständnislos an.

»Folgen Sie mir.«

Mit dem Rücken stellte ich mich an die Hecke zu meiner Linken und presste und drückte so lange, bis ich hindurch war. Goethe sah mich einen Augenblick entgeistert an, dann hatte er verstanden und tat es mir nach. In gerader Linie arbeiteten wir uns Hecke um Hecke nach außen. Es mochten etwa zehn Minuten vergangen seyn, unsere Hände und Köpfe waren von den Zweigen auf das entsetzlichste zerschunden, als wir eine der äußersten Hecken durchbrachen. Von hier konnte ich den Ausgang sehen.

Erleichtert zeigte ich darauf, aber Goethe reagierte nicht. Zuerst dachte ich, die Kälte hätte ihn bereits vollkommen abgestumpft, aber dann sah ich, wohin er blickte. Neben dem Ausgang des Labyrinths befand sich ein großer Schneehügel. Aus diesem ragte ein Arm, und an der Hand am Ende des Armes steckte ein Ring.

Zwanzigstes Kapitel

Die Aussicht, das Schloss in wenigen Augenblicken erreichen zu können, half uns, die letzten Kräfte zusammenzuraffen. Wir eilten zu dem Schneehügel, und ich griff nach dem Arm. Er war steif gefroren, und es war nur zu klar, dass hier jede Hilfe zu spät kam. So sehr ich auch zog, die Leiche war festgefroren und bewegte sich nicht einen Zoll weit. Mit seinem

Ärmel wischte Goethe die oberste Schicht des Schnees hinfort, und tatsächlich kamen alsbald Gesicht und Körper zum Vorschein.

Ich war mehr verblüfft als erschrocken.

Die Leiche mit dem schmerzverzerrten Antlitz war niemand anders als der Prinz von S. Sein Gesicht und seine Hände waren übersät von unregelmäßigen Wunden, aus denen man ganze Fleischstücke herausgerissen hatte, seine Kleidung hing in Fetzen und war von seinem Blute durchtränkt.

»Wilde Hunde«, murmelte Goethe und sah sich voller Unbehagen um.

Im Angesichte des Todes verspürte ich das Bedürfnis, etwas zu sagen. Mir kam jedoch nur »das hat er nicht verdient« in den Sinn, was ich allerdings als völlig unpassend empfand, und so schwieg ich. Goethe versuchte, ihm den Ring vom Finger zu ziehen, aber dieser war gleichfalls festgefroren.

So schnell wir konnten, eilten wir ins Schloss zurück. Wir entschieden, niemanden zu wecken, sondern sogleich zu Bette zu gehen, um uns endlich gehörig aufzuwärmen. Der Prinz würde auch morgen noch dort seyn. So viel war gewiss.

Einundzwanzigstes Kapitel

Bereits im Morgengrauen kehrten wir zum Labyrinth zurück. Mit uns waren der Großherzog und der Professor sowie vier Bediente, von denen jeder zwei Kübel mit kochendem Wasser schleppte, sowie zwei weitere Bediente mit einer Trage. Bey Tageslichte sah die Leiche noch entsetzlicher aus als in der Nacht zuvor. Ich konnte sehen, wie der Professor an sich halten musste, um einen Aufschrei zu unterdrücken.

Nach einem kurzen Moment des stillen Gedenkens wurde auf Befehl des Großherzogs das Wasser nach und nach über den Schneehügel, in welchem der Prinz sich befand, ausgeleert, und schließlich lag die Leiche frei vor uns. Der Großherzog trat einen Schritt heran und beugte sich vor, als wollte er dem Prinzen den Ring vom Finger ziehen, jedoch zögerte seine Hand in letzter Sekunde, und er unterließ es. Er befahl, den Leichnam in den Eiskeller zu tragen und ihn neben den Großherzog zu legen, aber Goethe erhob Einspruch und verlangte, dass man ihn zunächst ins Schloss bringe, um dort von mir genauestens untersucht zu werden.

Der Großherzog stimmte augenblicklich zu, jedoch der Blick, welchen er Goethe dabei zuwarf, gefiel mir ganz und gar nicht.

Zweiundzwanzigstes Kapitel

Wir brachten den Prinzen in ein Gewölbe neben der Küche, in welchem drei große Bottiche mit Waschwasser standen, und zwei Diener legten ihn auf einen langen Tisch am Fenster.

»Den Ring!« Der Großherzog sah mich ungeduldig an.

Ich seufzte, trat an den Tisch und ergriff die Hand mit dem Ring. Die Fingernägel des Prinzen hatten sich im Todeskrampf tief in seine Handflächen gegraben. Der Leichnam war nicht mehr gefroren, jedoch hatte die Totenstarre bereits eingesetzt. Ich holte tief Luft und dachte daran, wie widerlich mir der Prinz zu Lebzeiten gewesen war. Dann brach ich ihm mit einem kräftigen Ruck die äußeren drei Finger.

Das Knacken der berstenden Knochen hallte laut von den Wänden wider, und Goethes Miene wurde in ihrer Bestürztheit nur noch von der des Professors übertroffen. Ich zog den Ring vom Finger und wollte ihn dem Großherzog überreichen, aber der deutete mit einer Kopfbewegung auf den Professor. Dieser trat widerstrebend einen Schritt vor, nahm den Ring mit zitternden Fingern entgegen und beäugte ihn, als handele es sich um einen lebendigen Skorpion, der darauf warte, ihm einen todbringenden Stich zu versetzen.

»Wir dürfen jetzt keine Zeit mehr verlieren«, stieß er mit heiserer Stimme hervor.

Der Großherzog sah erst mich und dann Goethe an. Dann nickte er.

»Ich denke, der Professor hat Recht. Lassen Sie uns den Ring nun zerstören. Je länger wir warten …«

»Sollten wir nicht zuerst wissen, wodurch der Prinz zu Tode gekommen ist?«, wandte Goethe ein.

Der Großherzog schüttelte ungeduldig den Kopf. »Was spielt das noch für eine Rolle? Und überdies … manche Dinge bleiben besser unerforscht.«

Ohne eine Antwort abzuwarten, verließ er mit dem Professor das Gewölbe. Uns blieb nichts übrig, als ihnen zu folgen.

Dreiundzwanzigstes Kapitel

Wir betraten das Zimmer, in dem der Professor quartierte und in welchem er angesichts seines noch gar nicht so langen Aufenthalts dort bereits eine spektakuläre Unordnung geschaffen hatte. Er legte den Ring auf einen kleinen Tisch und zog einen kleinen Koffer unter dem Bette hervor, welcher mit zahlreichen Riemen verschnürt war. Behände löste er Riemen um Riemen, öffnete schließlich den Koffer und entnahm ihm einen bleiernen Becher sowie eine Flasche, welche ebenfalls aus Blei gefertigt war. Er stellte den Becher auf den Tisch und legte den Ring hinein. Dann entnahm er dem Koffer einen 2ten Becher mit einem kleinen Griff an der Oberseite und stülpte diesen über die Öffnung, so dass die Wand des ersten Bechers fast bis zu dessen Boden umschlossen ward.

Er betätigte im Deckel des äußeren Bechers einen kleinen Schiebemechanismus, wodurch eine westenknopfgroße Öffnung entstand. Aus seinem Koffer entnahm er einen bleiernen Trichter und steckte ihn in die Öffnung. Dann streifte er zwei dicke Lederhandschuhe über, die ihm bis zu den Ellenbogen reichten, und ergriff eine lange Zange, mit welcher er die Bleiflasche geschickt anhob.

»Bitte treten Sie zurück. Diese Flüssigkeit ist ungeheuer gefährlich.«

»Vitriol?« Goethe beugte sich interessiert vor.

Der Professor blinzelte irritiert. »Nein ... etwas Stärkeres.«

»Noch stärker als Vitriol?«, Goethe lächelte amüsiert. »Ei, ist sowas denn möglich?«

Der Professor starrte Goethe verärgert an, dann wandte er sich wieder seiner unterbrochenen Tätigkeit zu. Mit der linken Hand entfernte er äußerst vorsichtig den gleichfalls aus Blei gefertigten Schraubverschluss von der Flasche und legte ihn behutsam zur Seite. Er warf dem Großherzog einen letzten sich vergewissernden Blick zu, dann führte er vermittels der Zange die Bleiflasche über den Trichter und goss ihren farblosen Inhalt langsam in den Becher hinein. Sodann legte er Flasche und Trichter vorsichtig in den Koffer zurück.

Jedoch nicht vorsichtig genug; einige Tropfen der geheimnisvollen Flüssigkeit rannen aus dem Trichter, fielen auf den Boden und fraßen fast augenblicklich ein Loch in das Marmormosaik. Der Professor schien es nicht zu bemerken. Eilig schloss er die kleine Öffnung im Deckel mit seiner Zange.

»Fertig.« Der Professor atmete erleichtert auf. »Nun müssen wir nur noch warten.«

»Wie lange?«, fragten Goethe und ich wie aus einem Munde.

»Nicht lange. Bey einem Objekt dieser Größe würde ich schätzen, nicht mehr als zwei oder drei Minuten.«

Goethe zog seine Taschenuhr hervor und warf einen Blick auf das Ziffernblatt. Ich muss gestehen, dass ich mich der Faszination des Augenblickes nicht zu entziehen vermochte. Waren wir soeben im Begriff, mittels chemischer Experimente einen Jahrhunderte alten Fluch aus der Welt zu schaffen? Eine solche Vermählung von wissenschaftlichen Methoden mit mittelalterlichem Aberglauben wollte mir in unserer modernen Zeit ganz und gar unnatürlich erscheinen. Allerdings hatten wir nicht in den vergangenen Tagen eine Vielzahl an Unnatürlichkeiten erleben müssen? Und nun? War jetzt der Fluch tatsächlich gebannt? Oder hatte es nie einen Fluch gegeben, und ein gewöhnlicher - wenn auch äußerst raffiniert zu Werke gehender - Mörder trieb hier sein Unwesen? Dann war weiterhin niemand vor ihm sicher. Solcherlei Gedanken wirbelten in meinem Geiste umher, als mich Goethes Stimme mit einem Male wieder in die Gegenwart zurückholte.

»Drei Minuten!«, verkündete er, während er den Deckel seiner Uhr zuschnappen ließ und den Professor herausfordernd ansah.

Der Großherzog, welcher die ganze Zeit über geschwiegen hatte, zog ein Schnupftuch aus der Tasche und wischte sich über sein schweißnasses Gesicht. »Aufmachen«, befahl er mit heiserer Stimme. »Ich muss es mit eigenen Augen sehen.«

Der Professor nickte. Mit seinen behandschuhten Händen erfasste er den unteren Teil des Bechers, ohne ihn von dem Tische anzuheben, sowie den Griff des äußeren Bechers. Er hielt den Atem an und begann behutsam, den oberen Becher zu entfernen. Unerträglich langsam, wie ich fand; nachdem ich jedoch gerade gesehen hatte, was nur wenige Tropfen dieser teuflischen Flüssigkeit auf einem Steinboden anrichteten, konnte ich die überaus große Vorsichtigkeit des Professors allerdings gut verstehen.

Endlich war der Becher offen, und wir traten vorsichtig herbei. Durch die klare Flüssigkeit konnten wir bis auf den Boden des Bechers sehen. Ich weiß nicht recht, was ich erwartet hatte, trotzdem verblüffte mich das, was ich sah, auf das Tiefste. Der Ring hatte sich vollständig aufgelöst.

Vierundzwanzigstes Kapitel

Der Schrei hallte durch das Schloss und warf sein Echo von den Wänden zurück. Wer ihn ausgestoßen hatte, vermochte ich nicht zu sagen. Nur, dass er von einer Frau in höchster Not herrühren musste, war offensichtlich.

Eine halbe Stunde zuvor hatte der Großherzog den Professor verabschiedet, nicht ohne ihn für seine Dienste fürstlich entlohnt zu haben, und er stand eben im Begriff, auch uns zu entlassen, als Goethe erklärte, sich noch Gewissheit über einige letzte ungeklärte Umstände verschaffen zu wollen. Das Gesicht des Großherzogs hatte daraufhin eine leicht säuerliche Note angenommen, aber dann hatte er nur milde genickt, und so war ich in den Waschkeller zurückgekehrt, um die Leiche des Prinzen in Augenschein zu nehmen, während Goethe sich - wie er sagte - rund um das Schloss noch einmal umsehen wollte, wobey auch mir nicht recht einleuchten wollte, was er damit bezweckte.

Soeben hatte ich meine Untersuchung beendet, ohne jedoch etwas entdecken zu können, was Licht auf die Geschehnisse der letzten Tage warf. Im Gegenteil: Körper und Gesicht des Prinzen waren übersät mit Bissspuren. Besonders am Rumpf befanden sich Wunden ohne Zahl, und der linke Unterschenkel des Prinzen war nahezu vollständig zerfetzt. Überdies war mir ein seltsamer Geruch am Kragen des Prinzen aufgefallen. Ich wollte ihn soeben genauer untersuchen, als ich den Schrei vernahm. So schnell ich konnte, jagte ich die Treppe hinauf – irgendwo vermeinte ich schnelle Schritte und das Zuschlagen einer Thüre zu hören –, gelangte in die Vorhalle und sah, wie der Großherzog und zwei Bediente just ebenfalls die Treppe nach oben eilten. Ich schloss mich ihnen an und wurde eben noch gewahr, dass auch Goethe – offenbar gleichsam von dem Schrei aufgeschreckt – zur Hauptthüre hineinstürzte und uns nachfolgte.

Vor ihrem Gemach im 2ten Stock fanden wir die Großherzogin. Mit vor Angst geweiteten Augen stand sie an der Thüre ihres Zimmers, welches ein Bild der Verwüstung bot. Sämtliche Schubladen waren aus den Kommoden gerissen und ihr Inhalt zu Boden geworfen worden. Wie hatte sich die Großherzogin in den drei Tagen, seit ich sie zum ersten Male gesehen hatte, doch verändert? Schaurig abgemagert, mit dunklen Ringen unter den Augen und unfrisierten Haaren war sie kaum wieder zu erkennen. Der Großherzog führte sie sanft zu einem Stuhle, wo sie sich kraftlos niedersinken ließ.

»Ein Mann! Ein riesiger Mann in einem Ledermantel!«, stammelte sie und wies auf die Thüre, durch welche nun auch Goethe eintrat. Sogleich rannte alles nach draußen, aber es war niemand mehr zu entdecken.

»Er muss noch hier oben seyn«, rief ich, »wäre er

über die Treppe geflohen, hätte er uns unfehlbar begegnen müssen.«

In diesem Moment erschien die Kronprinzessin mit blassem Gesicht.

»Was ist geschehen?«, rief sie mit zitternder Stimme.

»Ein riesiger Mann war plötzlich in meinem Zimmer. Sieh nur, er hat alles verwüstet. Ein Mann in einem Ledermantel.« Weinend schloss die Großherzogin ihre Tochter in die Arme.

Der Großherzog hatte indessen einen Bedienten nach Pistolen geschickt, und, so bewaffnet, begannen Goethe und ich zusammen mit dem Großherzog, Zimmer um Zimmer zu durchsuchen. Auch die Prinzessin schloss sich uns an, während wir die Großherzogin mit zwei Dienern zu ihrer Sicherheit zurückließen. Aber so gründlich wir auch alles absuchten, der Eindringling blieb verschwunden. Es war nach menschlichem Ermessen unmöglich, aber er musste einen Weg gefunden haben, das Schloss unbemerkt zu verlassen.

Schließlich befahl der Großherzog den Abbruch der Suche.

»Es ist genug!«, rief er in ohnmächtiger Verzweiflung. »Wir reisen ab. Morgen in aller Frühe!«

Erleichtert atmete ich auf. Was immer mit dieser Familie geschah, es würde Goethe und mich von nun an nicht mehr betreffen. Ich hatte den Eindruck, dass die Prinzessin etwas gegen die Abreise einwenden wollte, aber nach einem Blick auf ihre Mutter nickte sie ergeben. Eilig verabschiedete sie sich und verließ das Zimmer.

»Eine weise Entscheidung«, Goethe nickte dem Großherzog gravitätisch beipflichtend zu. Ich sah ihm an, dass er gar noch stärker als ich genug hatte von dieser grausigen Angelegenheit.

»Auf Ihrem eigenen Schlosse werden Sie ohne Zweifel sehr viel sicherer seyn als hier.«

»Wir hätten niemals hierher kommen sollen«, rief der Großherzog erregt.

»Für die heutige Nacht jedoch empfehle ich strenge Vorkehrungen zur Sicherheit aller«, fuhr Goethe fort. »Ein jeder möge sich in sein Gemach einschließen, und zudem sollen vor jede Thür zwei Diener postiert werden.«

»So soll es geschehen«, entschied der Großherzog und besprach sich kurz mit einem Bedienten, bevor er sich mir zuwandte. »Ich habe nicht den Eindruck, dass ihrer beider Anwesenheit hier in irgendeiner Weise von Nutzen war.«

Da diese Bemerkung in ihrer Unhöflichkeit nur noch von ihrer Richtigkeit übertroffen wurde, nickte ich nur knapp.

»Die Familie des Prinzen muss von seinem Tode in Kenntnis gesetzt werden«, fuhr er fort. »Ich bin kein Mann der Feder und überdies war mir der Umgang mit ihm höchst unerfreulich. Also seht, dass Ihr einen artigen Brief verfasst, in welchem Ihr die tragischen Umstände seines Ablebens in gebührlicher Form darlegt.«

Damit ließ er uns stehen. Betrübt sah ich Goethe an. Ich hatte gehofft, unverzüglich unsere Sachen packen und dann sogleich abreisen zu können. Nun jedoch stand uns eine weitere Nacht in diesem unheimlichen Schlosse bevor. Und wenn ich an die Aufgabe dachte, welche wir auszuführen hatten, war ich beinahe geneigt anzunehmen, dass diese noch unerfreulicher werden würde als die Nacht zuvor.

Fünfundzwanzigstes Kapitel

Das Verfassen des Briefes erwies sich als eine der vertracktesten literarischen Aufgaben, welche ich je zu bewältigen hatte. Ich hätte lieber drei Theaterstücke ersonnen als diesen Brief, welcher eine geschickte Mischung aus Wahrheit und Beschönigung seyn musste, um die Familie des Großherzogs nicht in eine unangenehme Lage zu bringen, in welcher man ihr eine Mitverantwortung oder gar eine Schuld am Tode des Prinzen zumessen könnte. Hinzu kam, dass Goethe mir in keiner Weise behilflich seyn wollte, sondern sich mit einem Bleistifte über einen großen Papierbogen hergemacht hatte und auf ihm in winziger Handschrift unzählige Notizen niederkritzelte, welche er mit wilden Linien kreuz und quer verband.

Da er auf meine Fragen nach seinem Tun nicht reagierte, vertiefte ich mich wieder in meinen Brief: Die Streitigkeiten, das Lösen der Verlobung und insbesondere das abscheuliche Betragen des Prinzen erwähnte ich mit keinem Worte. Wohl aber den tragischen Tod des ehemaligen Großherzogs, welchen ich ausführlich schilderte; vielleicht würde es ja ein Trost für die Familie des Prinzen seyn, zu wissen, dass auch die herzögliche Familie von einem schweren Schicksalsschlag getroffen worden war. Über den Tod des Prinzen schrieb ich nicht mehr, als dass er bey einem Spaziergange von wilden Hunden getötet worden sey. Das alles las sich freilich immer noch ganz und gar schauderhaft, und es schien mir daher angeraten, noch einen Kondolenzteil anzufügen, in dem der Tod des Prinzen auf das Tiefste bedauert wurde und ich mich schließlich gar zu der Behauptung verstieg, dass sein Verlust für die Welt niemals zu verschmerzen sey. Kurzum ein Brief, welcher mit der Wirklichkeit nur noch sehr entfernt etwas gemein hatte, dafür jedoch sowohl den vermeintlichen Absender in ein vorteilhaftes Licht rücken und den Schmerz des Empfängers nicht unnötig vergrößern würde.

»Es fehlt etwas!«

Ich sah zu Goethe hinüber, der voller Ingrimm auf sein Papier starrte.

»Es fehlt etwas! Ich habe alle Umstände der letzten Tage aufgezeichnet und versucht, sie in ihre inneren Zusammenhänge zu setzen. Aber es ergibt keinen Sinn. Es fehlt ein entscheidendes Element.«

»Vielleicht gibt es keine Zusammenhänge«, wandte ich ein.

Goethe sah mich fragend an.

»Der Mann mit dem Ledermantel heute – möglicherweise ein gewöhnlicher Dieb.«

»Der alle Schubläden herauszieht, aber wertvolle Gegenstände, welche überall offen herumstehen, verschmäht und dann spurlos verschwindet, wo es keinen Ausgang gibt?«

»Vielleicht ist er aus einem der Fenster gesprungen.«

»Dafür ist es zu hoch. Aber selbst, wenn er es trotzdem hätte wagen wollen, alle Fenster waren von innen verschlossen. Ich habe es selbst überprüft.«

»Vielleicht existiert eine Geheimthür«, versetzte ich.

»Ich werde Carl August morgen danach fragen, aber wenn es eine Geheimthüre gibt, erhebt sich die Frage, woher kennt ein gewöhnlicher Dieb sie?«

»Also doch kein gewöhnlicher Dieb.«

»Gewiss nicht. Des Weiteren frage ich mich, was tat der Prinz nachts im Labyrinth und warum wurde er von wilden Hunden angegriffen? Sie kommen für gewöhnlich nicht so nahe an menschliche Behausungen.«

»Nun, das ist noch am wenigsten geheimnisvoll. Der Prinz hat einen Spaziergang gemacht und hatte Pech, auf ein besonders hungriges Rudel zu treffen.«

Goethe wiegte zweifelnd den Kopf.

»Was allerdings wirklich seltsam anmutet, ist, dass ich am Kragen des Prinzen einen sonderbaren Geruch festgestellt habe.«

Goethe blickte interessiert auf. »Was denn für einen?«

»Ich weiß es nicht. Irgendetwas Künstliches. Der Geruch war allerdings nur noch sehr schwach.«

Goethe fügte seinem Papiere eine weitere Notiz hinzu.

»Wie konnte der Leichnam des Großherzogs in so kurzer Zeit so stark verwesen? Noch dazu in dieser Kälte. Wieso stand der Sessel des Professors urplötzlich in Flammen, und vor allem wie starb der Großherzog?«

»Man ist fast bereit, an diesen Fluch zu glauben«, versetzte ich mit einigem Unbehagen.

Goethe machte ein Gesicht, als habe er just ein ganzes Glas Essig leeren müssen.

»Es fehlt etwas in der Gleichung«, wiederholte er, während er verdrossen auf sein Papier starrte. »Und ich bin überzeugt davon, dass alles einen Sinn ergibt, wenn man es nur an der richtigen Stelle einfügt.«

»Mag seyn, aber die Familie reist morgen früh ab, wir werden das Rätsel nicht mehr lösen«, sagte ich und erhob mich, um eine Flasche Wein zu öffnen.

Goethe beugte sich wieder über sein Papier. Ich schenkte mir ein Glas ein und sah aus dem Fenster. Draußen sanken langsam die Schneeflocken in der einsamen Landschaft hernieder. Es schien alles so friedlich. Nachdem ich mein Glas geleert hatte, nahm ich eine der Pistolen, die wir bey uns behalten hatten, sowie einen Kerzenleuchter und begab mich in mein Zimmer, nicht ohne Goethe daran zu erinnern, hinter mir seine Thüre zu verriegeln. Er sah kurz auf, aber ich war nicht sicher, ob er mich gehört hatte.

Sechsundzwanzigstes Kapitel

Über Nacht hatte Tauwetter eingesetzt. Als ich am nächsten Morgen aus dem Fenster sah, schien zum 2ten Male in diesem Jahre die Sonne, und bis auf einige letzte weiße Inseln war der Schnee gänzlich verschwunden. Ich hatte einen Diener losgeschickt, welcher dafür sorgen sollte, dass unser Gepäck verladen würde, aber als sich nach einer halben Stunde noch niemand eingefunden hatte, ging ich nach unten, um nach dem Rechten zu sehen.

Ich fand den Großherzog in unleidlicher Stimmung. Die Prinzessin war in der Nacht schwer erkrankt, hustete ohne Unterlass, litt offenbar unter Schüttelfrost und lag mit Fieber danieder. Eine anstrengende Reise war somit unmöglich geworden. Man hatte bereits nach einem Doktor aus Weimar geschickt, welcher aber noch nicht eingetroffen war.

Ich erklärte, dass ich zwar keine ärztlichen Gerätschaften bey mir hätte, mich aber einstweilen erböte, eine erste Untersuchung vorzunehmen. Der Großherzog sah mich zunächst zweifelnd an, murmelte dann ein paar zustimmende Worte, die beinahe ein wenig dankbar klangen. Unverzüglich begab ich mich in das erste Stockwerk zum Zimmer der Prinzessin und klopfte behutsam an die Thüre.

Bereits nach wenigen Augenblicken wurde die Thür einen Spalt weit geöffnet, und die Großherzogin stand vor mir. Sie wirkte überrascht, mich zu sehen. Ich erklärte mein Kommen, aber sie teilte mir mit, dass die Prinzessin überaus erschöpft und eben eingeschlafen sey und dass man mich rufen werde, sobald die Prinzessin wieder erwache.

Unverrichteter Dinge begab ich mich wieder nach unten, wo ich eben Zeuge wurde, wie der Großherzog auch Goethe über die veränderten Umstände in Kenntnis setzte.

Goethes Miene wurde ernst. »In diesem Fall werde ich umgehend eine Depesche an Herzog Carl August aufsetzen. Er soll einen Trupp Husaren senden, welcher für die Sicherheit des Schlosses garantiert.«

Der Großherzog nickte. »Wenn Sie meinen, mir soll es Recht seyn.«

»Ich habe die ganze Nacht über die Vorkommnisse der letzten Tage nachgedacht«, fuhr Goethe fort. »Noch durchschaue ich sie nicht, aber von einem bin ich mehr denn je überzeugt.«

»Und das wäre?«

»Es ist noch nicht zu Ende.«

Siebenundzwanzigstes Kapitel

Einige Stunden später wünschte ich, wir wären bereits am Morgen abgereist, aber nun war es zu spät. Ein fürchterlicher Hieb traf meinen Hinterkopf, und ich stürzte heftig blutend zu Boden. Doch der Reihe nach: Nachdem Goethe einen Brief an den Herzog verfasst und ihn einem Boten übergeben hatte, begaben wir uns erneut zum Eiskeller, in welchen man am Abend zuvor auch den Prinzen gebracht hatte. Erneut stiegen wir an den schaurigen Ort herab.

Der Zustand des Großherzogs hatte sich nicht weiter verändert, aber an der Leiche des Prinzen waren nun ebenfalls erste Zeichen von Verwesung zu erkennen. Wenn auch bey weitem nicht in dem Maße, wie sie am Großherzog zu sehen waren. Goethe trat an den Leichnam des Prinzen, schloss die Augen, beugte sich herunter und nahm behutsam einen kleinen Atemzug. Dann beugte er sich noch tiefer, so dass seine Nase beinahe den Kragen des Prinzen berührte, und roch erneut daran. Schnell richtete er sich wieder auf und wandte sich ab.

»Sie haben Recht. Ein eigentümlicher Geruch. Aber was es ist, vermag auch ich nicht zu sagen.« Er zog ein kleines Etui hervor und öffnete es. »Aber ich kenne jemanden, der dazu in der Lage ist.«

Er entnahm dem Etui ein Federmesser, wie man es zum Anspitzen von Federkielen verwendet, und mit zwei entschlossenen Schnitten hatte er einen Teil des Kragens vom Rock des Prinzen abgetrennt.

Dann wandten wir uns zum Gehen. Wir waren bereits wieder einige Schritte die Treppe hinaufgestiegen, als Goethe noch einmal kehrt machte und auch einen Stofffetzen aus dem Kragen des Großherzogs trennte.

»Nur eine Eingebung«, entgegnete er auf meinen fragenden Blick.

In der Ferne sahen wir eine Kutsche vor dem Schlosse halten. Ein dürrer großer Mann mit einer Tasche entstieg ihr und eilte zur Schlossthüre, wo er gleich darauf unseren Blicken entschwand.

»Vermutlich der Arzt aus der Stadt«, bemerkte ich.

Goethe blinzelte gegen die Sonne zum Schloss hinüber. »Hoffentlich vermag er ihr zu helfen.«

»Haben Sie eigentlich bemerkt, dass die Prinzessin einen blauen Fleck im Gesicht hat?« Erst jetzt kam mir zu Bewusstsein, dass es mir immer wieder entfallen war, Goethe von meiner Beobachtung zu berichten. Goethe blieb stehen und sah mich an.

»Sind Sie sicher? Das ist äußerst interessant.« Nachdenklich ging er weiter; doch wenige Schritte später blieb er wie angewurzelt stehen. »Sackerment!«

»Was haben Sie?«

»Kommen Sie!« Ohne eine Antwort abzuwarten, eilte Goethe zielstrebigen Schrittes auf eines der Kavaliershäuser zu. »Ich wollte es mir schon gestern ansehen, aber just als ich es betreten wollte, hörte ich den

Schrei der Großherzogin.« Goethe klang angestrengt. »Die Prinzessin hat sich vorgestern in dem Hause aufgehalten, und ich wüsste zu gern, weshalb.«

»Glauben Sie denn, dass dies etwas mit den ganzen Vorkommnissen zu tun hat?«, rief ich, ihm atemlos nacheilend.

»Ich glaube es nicht, ich bin sicher, dass es so ist, auch wenn …«

Goethe unterbrach sich, denn wir hatten den Eingang des Hauses erreicht. Er drückte die Klinke hinunter, aber die Thüre war verschlossen.

»Das war zu erwarten.« Goethe sah sich in alle Richtungen um. »Kommen Sie.«

Wir begannen das Haus zu umrunden, und fanden an der Rückseite eine kleine Thüre, welche zu unserer Überraschung nur angelehnt war. Goethe legte den Zeigefinger an die Lippen. Ich öffnete leise die Thüre, oder zumindest hatte ich dies vor, jedoch gab sie ein lautes Quietschen von sich, welches gewiss noch eine Meile weit zu hören war. Vorsichtig traten wir ein.

Achtundzwanzigstes Kapitel

Nun befanden wir uns in einem Vorratsraume, welcher aber keinerlei Vorräte enthielt, sondern nur einige Töpfe und Pfannen, welche an eisernen Haken von der Decke hingen. Wir gingen weiter, durchquerten die Küche, stiegen eine kurze steinerne Treppe hinauf und gelangten in die Vorhalle. Offenbar lag der hintere Teil des Hauses niedriger als der vordere. Nach und nach durchstreiften wir das ganze Haus. Es schien längere Zeit nicht bewohnt gewesen zu seyn. Die Fensterläden waren geschlossen und ließen das Licht nur in dünnen Streifen in die Räume fallen. Sämtliche Möbelstücke waren mit weißen Tüchern verhängt. Schließlich gelangten wir in eines der oberen Schlafgemächer. Dieses Zimmer war in großer Unordnung zurückgelassen worden. Überall lagen verknitterte Laken, das Bett war zerwühlt, und in den Ecken stand schmutziges Geschirr herum, auch einiges an Männerkleidung fanden wir achtlos auf den Boden geworfen.

Vor das Fenster, welches ebenfalls mit Läden geschlossen war, hatte jemand einen Paravent gerückt, offenkundig, damit der Lichtschein der Wachslichter, deren Stummel noch im ganzen Zimmer zu finden waren, nicht nach außen dränge.

»Der Mann mit dem Ledermantel«, vermutete ich. »Was hat er hier gewollt?«

»Nach dem Zustand des Zimmers zu urteilen, wird er Tage hier gehaust haben. Er muss hier gewartet haben.«

»Worauf?«

»Auf den richtigen Moment.«

Mehr sagte Goethe nicht. Nicht zum ersten Mal wurde ich gewahr, dass Goethe oft weniger sagte, als er wusste, aber häufiger noch sich den Anschein gab, mehr zu wissen, als er sagte. In diesem Falle war ich recht sicher, dass es sich um Letzteres handelte.

Wir stiegen wieder die Treppen hinunter und gelangten zu der Hinterthüre, zu welcher wir hereingekommen waren.

»Hier muss er verschwunden seyn«, sagte Goethe. »Zu schade, dass der Schnee fort ist. Er hat keine Spuren hinterlassen.«

»Nun, zumindest wird er nicht wiederkommen«, erwiderte ich, »er muss völlig überhastet aufgebrochen seyn. Er hat sogar Kleidungsstücke zurückgelassen.«

»Offenkundig rechnete er damit, dass wir ihn jeden Augenblick entdecken würden. Aber leider ...«

»... haben wir im falschen Haus nach ihm gesucht«, ergänzte ich.

»Es fragt sich immer noch, wie er ungesehen aus dem Schlosse entfliehen konnte.«

Nachdenklich kehrten wir zum Schloss zurück. Goethes Depesche an Herzog Carl August hatte inzwischen schon Wirkung getan, denn die Leibhusaren des Herzogs hatten bereits an sämtlichen Eingängen Posten bezogen. Der Kommandant überreichte Goethe einen Brief. Goethe erbrach das Siegel und überflog den Inhalt.

»Wie ich es mir dachte. Hier gibt es keine Geheimgänge.«

Im Salon trafen wir den Großherzog im Gespräch mit dem Arzt, welcher aus der Nähe auf mich einen sogar noch hagereren, ja geradezu schwindsüchtigen Eindruck machte. Seine Diagnose trug er mit kaum vernehmbarer, aber doch entschiedener Stimme vor: Lungenentzündung. Er hatte bereits eine Arznei verabreicht, aber die Prinzessin würde in den nächsten Wochen absolute Ruhe benötigen. Mit dem Versprechen, am nächsten Tage wiederzukommen, verabschiedete er sich.

Ich wechselte einen Blick mit Goethe. *Lungenentzündung.* Das war eine überaus ernste Erkrankung. Auch der Großherzog blickte nun nicht länger verärgert drein, sondern besorgt. Goethe verabschiedete sich und ging auf sein Zimmer, wobey er etwas von einem Brief murmelte, welchen er zu schreiben hätte. Ich beschloss, mich ebenfalls zurückzuziehen und alles wieder auszupacken, was ich am Morgen, in dem irrtümlichen Glauben, abzureisen, eingepackt hatte.

Ich hatte kaum damit begonnen, als ich ein unregelmäßiges Poltern vernahm, welches aus der Zimmerdecke zu kommen schien. Ich maß dem zunächst keine Bedeutung bey, jedoch als es sich in unregelmäßigen Abständen wiederholte, empfand ich es doch als störend und entschied mich, der Sache auf den Grund zu gehen. Ich verließ mein Zimmer und ging den Flur entlang, in welchem es aber nichts Ungewöhnliches zu entdecken gab.

Am Ende des Ganges stieß ich auf eine kleine Tapetenthüre, welche, wie ich von der Suche am Vortage wusste, über eine hölzerne Treppe auf den Dachboden führte. Ich öffnete die Thüre und sah nach oben. Durch das kleine Dachfenster fiel gerade genug Licht, um die Treppenstufen erkennen zu können. So erklomm ich die Stiege, doch auf halbem Wege blieb ich wie angenagelt stehen. Das Geräusch hatte aufgehört, war jedoch plötzlich durch ein anderes ersetzt worden. Als wenn etwas über den Boden geschleift würde.

Ich überlegte kurz, ob ich umkehren und Goethe oder einen der Husaren zu meiner Unterstützung rufen sollte, aber im nächsten Moment kam ich mir lächerlich vor. Wahrscheinlich wurde dieses Geräusch durch einen Luftzug oder etwas ähnlich Harmloses verursacht, und ich hatte nicht vor, mich zum Gespött zu machen. So stieg ich weiter hinauf und erreichte den Treppenabsatz. Ein kleiner Teil des Dachbodens war durch das hereinfallende Tageslicht gut zu erkennen, aber alles Übrige lag in undurchdringlicher Finsternis.

Meine Augen begannen sich just an die Dunkelheit zu gewöhnen, als ich plötzlich ein Geräusch hinter mir vernahm und einen entsetzlichen Schmerz an meinem Hinterkopf verspürte. Noch im Fallen versuchte ich mich umzudrehen, um zu sehen, was mich getroffen hätte, aber da war es auch schon zu spät, und ich verlor das Bewusstsein.

Neunundzwanzigstes Kapitel

Als ich wieder die Augen öffnete, fand ich mich umringt von Menschen, welche mit besorgter Miene auf mich herabblickten. Ein stechender Schmerz durchfuhr meinen Kopf, und sogleich schloss ich die Augen wieder. Ich tastete behutsam nach meinem Kopfe und fand ihn dick verbunden, der Verband fühlte sich an, als sey er von meinem Blute durchtränkt. Goethe, welcher neben mir kniete, sprach mit leiser Stimme zu mir.

»Wie geht es Ihnen, lieber Freund?«

»Was ist geschehen?« Ich öffnete die Augen erneut ein wenig. Erst jetzt bemerkte ich, dass ich nicht auf dem Dachboden, sondern im Flure lag. War ich selbst hierhin gelaufen, oder hatte man mich hierher gebracht? Ich konnte mich nicht entsinnen.

Die Großherzogin, welche zusammen mit dem Großherzog und zwei Dienern vor mir stand, rang beschwörend die Hände. »Um Himmels Willen, was ist denn bloß geschehen? Wenn man Sie nicht rechtzeitig gefunden hätte …«

Man half mir aufzustehen, und auf Goethe und einen Diener gestützt, begab ich mich in mein Zimmer zurück, wo ich mich vorsichtig in einen Sessel niederließ.

»Welch ein Glück, dass Sie noch nach dem Diener läuten konnten«, sagte Goethe mit Erleichterung in der Stimme.

»Läuten? Ich habe nicht geläutet.«

»Aber sagte er nicht, dass das Läuten aus diesem Zimmer kam?« Der Großherzog hatte sich überrascht an einen der Diener gewandt, welcher es, eifrig nickend, bestätigte.

»Gewiss! Es war die Glocke, welche mit dem Klingelzug in diesem Zimmer verbunden ist. Darüber kann kein Zweifel bestehen.«

»Ich habe aber nicht geläutet«, wiederholte ich und erzählte, was geschehen war.

Mein Bericht stieß auf allgemeines Entsetzen. »Ein erneutes Attentat!«, »Der Mann mit dem Ledermantel!«, »Es gibt kein Entkommen!« Dies und noch mehr wurde aufgeregt durcheinander geschrien.

»Aber wer hat dann geläutet?«, rief der Großherzog.

»Und wer hat mich in den Flur getragen?«, ergänzte ich.

»Wer immer es war, er hat Ihnen das Leben gerettet«, konstatierte Goethe nüchtern. »Sie hätten sonst dort Gott weiß wie lang blutend gelegen, bevor jemand Sie entdeckt hätte.«

Mein Kopf begann erneut zu schmerzen, aber mehr als das quälte mich die Frage, warum mein Angreifer mich gerettet hatte.

Dreißigstes Kapitel

Ich hatte mich zu Bett begeben, um wieder zu Kräften zu kommen, und war schließlich eingeschlafen. Ein leises Klopfen brachte mich zurück in die Gegenwart. Goethe steckte den Kopf zur Thüre herein und betrat, da er mich wach vorfand, behutsam das Zimmer.

»Geht es Ihnen besser?«

»Ein wenig erschöpft, aber ansonsten gut.«

»Dann kommen Sie.« Ich bemerkte, dass Goethe verärgert war, es sich aber nicht anmerken lassen wollte. »Wir sind nicht länger willkommen. Die Großherzogin verlangt, dass wir unverzüglich abreisen.«

»Warum denn nur?«, rief ich über alle Maßen verblüfft, aber auch nicht ohne Erleichterung.

»Nun, sie ist der Ansicht, dass all die schrecklichen Vorkommnisse, welche über dieses Haus hereingebrochen sind, erst begannen, nachdem wir es zum ersten Male betreten haben.«

»Aber das ist grotesk!«, empörte ich mich und sogleich begann mein Kopf wieder auf das Fürchterlichste zu schmerzen.

»Grotesk, gewiss, aber nichtsdestoweniger sind wir hier nicht mehr erwünscht. Kommen Sie. Es ist bereits alles gepackt und verladen.«

Wir verließen das Schloss und waren eben im Begriff, in unsere Kutsche zu steigen, als es zu einer sonderbaren Scene kam. Urplötzlich, ohne, dass ich wusste, woher es gekommen war, stand mit einem Male ein altes Weib hinter mir, fasste mich am Ärmel und richtete mit krächzender Stimme das Wort an mich.

Es war jedoch nur verworrenes Gewäsch, das mir ohne Bedeutung schien. In der Annahme, dass es sich um eine Bettlerin handelte, gab ich ihr einen Groschen, aber auch jetzt ließ sie nicht von mir ab. Sie packte mit ihrer gichtigen Hand meinen Arm und beugte sich so nah zu mir, dass ihr stinkender Mund mein Ohr berührte.

»Was Ihr suchet, liegt auf dem Grund des Ozeans, welcher von Menschenhand erschaffen wurde!«

Mit einem Schlag wurde mir bewusst, wer die Alte war. Was hatte Goethe über den Großherzog gesagt: »Er lässt sich jeden Morgen von einer alten Hexe die Karten schlagen.« Dies musste sie seyn. So schnell ich konnte, entwandt ich ihr meinen Arm und stieg in die Kutsche zu Goethe, welcher mich verwundert ansah. Offenbar hatte er das Erscheinen der Alten gar nicht bemerkt.

»Ein Ozean von Menschenhand erschaffen.«

Es war nur allzu offensichtlich, dass das Weib nicht bey Verstand war. Während ich mit dem Ärmel mein Ohr abwischte, warf ich einen Blick aus dem Fenster, aber die garstige Alte war nirgends mehr zu entdecken. Ich war froh, als sich die Kutsche endlich in Bewegung setzte.

Einunddreißigstes Kapitel

Die Rückfahrt nach Weimar verbrachten wir in düsterer Stimmung. Zwar konnten wir uns glücklich schätzen, dass wir das unglückselige Schloss mit all seinen Geheimnissen endlich hinter uns lassen durften, jedoch wollte es uns keineswegs gefallen, dass man uns hinausgeworfen, ja mehr noch, auf gewisse Weise für die schrecklichen Vorkommnisse verantwortlich gemacht hatte.

Wir hatten Weimar noch nicht erreicht, als wir bereits einen Entschluss gefasst hatten. Wir würden in unserem eigene Auftrage weiterforschen, bis das Geheimnis vollständig aufgeklärt und unsere Ehre wieder hergestellt sey. Noch in der Kutsche verfasste ich einen Brief an meine Frau, in welchem ich erklärte, dass die Angelegenheiten hier mich noch auf unbestimmte Zeit in Anspruch nehmen würden. Hätte ich damals geahnt, worauf ich mich einließ, ich wäre vielleicht in meinem Entschlusse wankend geworden.

Zweites Buch

Zweiunddreißigstes Kapitel

Wir hatten kaum Goethes Haus betreten, als ein Diener, welchen ich nicht kannte, Goethe ein Schreiben überbrachte. Goethe riss es eilig auf und überflog seinen Inhalt. Sogleich warf er eine schnelle Antwort auf die Rückseite des Schreibens und schickte den Diener damit fort. Dann ließ er sich in seinen Lieblingsarmstuhl fallen und rieb sich behaglich die Hände.

»Ich will nicht zu viel versprechen, lieber Freund, aber vielleicht kommt nun endlich ein bisschen Licht in das Dunkel.«

Neugierig blickte ich ihn an.

»Wir haben in einer halben Stunde eine Verabredung, die uns einiges an Aufschluss geben könnte.«

»Ei, mit wem?«

»Mit Scherer.« Goethe blickte listig zu mir herüber.

Ich musste nicht lange überlegen, ob ich jemanden dieses Namens kannte. Nicolaus Alexander Scherer war ein junger Chemiker, welcher mit einigen Experimenten für gehöriges Aufsehen in der Stadt gesorgt, ja geradezu eine allgemeine Manie für alles Chemische ausgelöst hatte. Eine Weile wollte es scheinen, als sey die ganze Stadt unter die Chemiker gegangen. Auch im herzoglichen Schlosse war er eine Zeit lang wohlgelitten. Doch als sich bald herausstellte, dass seine Genialität seine Sorgfalt um einiges übertraf und etliche Experimente in fatalen Explosionen ihr Ende fanden, kühlte die Begeisterung für den wahnsinnigen Mordbrenner, wie ihn einige Damen bey Hofe bezeichneten, merklich ab. Das Letzte, was ich von ihm gehört hatte, war, dass er auf Befehl des Herzogs im Hause meiner geschätzten Freundin, Frau von Stein, einquartiert worden war.

Sehr zu ihrem Verdruss, wie sie mir bey mehreren Gelegenheiten geklagt hatte, denn Scherer ließ nicht ab von seinen Experimenten, und so erschütterten nicht selten fürchterliche Detonationen das Steinsche Haus.

Dreiunddreißigstes Kapitel

Da Goethes Verhältnis zu Frau von Stein nicht mehr so ungetrübt war wie in früheren Jahren, Goethe aber auch Bedenken hegte, den verantwortungslosen Experimentator in sein eigenes Haus zu bitten, hatte man sich in der Anna-Amalia-Bibliothek verabredet, welche dem Steinschen Hause schräg gegenüber lag und mit deren Leitung Goethe von Herzog Carl August erst kürzlich betraut worden war. Soweit ich wusste, nutzte Goethe diese Position weidlich aus, indem er die interessantesten Bücher oft mit nach Hause nahm und die immer flehender werdenden Bitten der Bibliothekare um Rückgabe stets mit einem gemurmelten »Bald, bald« abtat.

Pünktlich eine halbe Stunde später betraten wir die Empore des prunkvollen Lesesaals der Bibliothek. Abgesehen von uns waren noch einige Damen vom Hofe anwesend. Dann erblickte ich Scherer, welcher sichtlich angespannt bereits auf uns wartete. Seine Verbeugungen uns gegenüber ließen es an Ehrerbietung nicht missen und waren beinahe schon etwas übertrieben. So brillant er in seinem Labore seyn mochte, so sehr war er es offenkundig nicht gewohnt, mit bedeutenden Persönlichkeiten eine leichte Konservation zu führen. Ich bemerkte, dass er ziemlich stark transpirierte, obwohl es in der Bibliothek nicht sonderlich warm war. Auch fiel mir seine ungeheure Nase ins Auge, die ihm im wahrsten Sinne des Wortes nicht gut zu Gesichte stand, ihm aber in seiner Eigenschaft als Chemiker gewiss besonders wertvolle Dienste leisten mochte.

»Es war mir möglich, die Flüssigkeiten auf den Stoffstücken zu analysieren«, erklärte er mit flüsternder Stimme. Ich fragte mich, ob dies seine gewöhnliche Stimme war oder ob sie nur der Anwesenheit in der Bibliothek geschuldet war. Nicht ohne einen gewissen Stolz blickte er Goethe an.

»Nun?« Goethe machte eine ungeduldige Geste.

»Dieser Stoff«, Scherer hatte einen Teil des Kragens vom Rocke des toten Großherzogs aus der Tasche gezogen und hielt ihn mit spitzen Fingern an einer Ecke in die Höhe, »ist durchtränkt mit Schwefelsäure.«

»Schwefelsäure.« Goethe Gesicht nahm einen lauernden Ausdruck an.

»Ganz recht, Schwefelsäure, auch bekannt als Vitriol. Eine der stärksten Säuren überhaupt.«

»Das würde die ungewöhnlich schnelle Verwesung des Großherzogs erklären«, rief ich aus.

»Nun, es handelt sich dabei weniger um Verwesung, sondern um eine Verätzung, aber für den Laien mag es ähnlich aussehen«, erklärte Scherer mit einem furchtsamen Seitenblick auf Goethe.

»Und das 2te Stoffstück?« Goethe sah den Chemiker durchdringend an.

»Aether. Nur in äußerst geringen Spuren, denn Aether hat die Eigenschaft, sich an der Luft zu verflüchtigen, aber in Spuren ist er noch nachweisbar.«

»Was ist Aether?« Mir war dieser Begriff nur aus der griechischen Mythologie bekannt, wo man damit die Seele der Welt, das Element allen Lebens, bezeichnete.

»Aether ist eine chemische Verbindung, welche sich unter Zuhilfenahme von Schwefelsäure und Aethanol gewinnen lässt und die …«

»Aethanol?«, unterbrach Goethe.

»Pardon, besser bekannt als Alkohol.«

»Wozu verwendet man Aether?«, fragte ich.

»Es gibt verschiedene Anwendungsmöglichkeiten. Als Lösemittel bey chemischen Processen ist es hilfreich, in Verbindung mit Wasser wiederum kann es Räusche verursachen und nicht zu vergessen: es hat auch eine betäubende Wirkung.«

»Wenn man es trinkt?«, fragte Goethe.

»Wenn man es einatmet.«

»Dann ist der Prinz betäubt worden«, rief ich aus.

»Offenkundig, für einen freiwilligen Rausch hätte er sich wohl kaum in die Eiseskälte begeben«, entgegnete Goethe.

»Es sey denn, er ist völlig von Sinnen ins Freie gelaufen.«

»Aber wiederum nicht so sehr von Sinnen, dass er nicht vorher noch Schal und Mantel angelegt hätte.« Goethe warf mir einen tadelnden Blick zu und schloss die Augen, um sich besser konzentrieren zu können. »Kehren wir zurück zur Leiche des Großherzogs. Jemand hat sie mit Säure übergossen. Warum sollte man das tun?«

»Aus Hass«, schlug ich vor.

»Möglich. Oder, weil man einen Fluch vortäuschen will, um so von einem ganz gewöhnlichen Mord abzulenken.«

»Mord? Was für ein Mord?« Scherer blickte unbehaglich zu mir hinüber, dann zu Goethe und wieder zu mir.

»Aber haben wir nicht beide gesehen, wie der Sessel des Professors aus dem Nichts in Flammen aufging?«, rief ich aus.

»Richtig, das ist in der Tat unerklärlich«, gab Goethe widerstrebend zu.

»Nun, nicht unbedingt«, meldete Scherer sich vorsichtig zu Worte.

Goethe und ich sahen ihn überrascht an.

»Jedes brennbare Material lässt sich leicht in Brand

setzen mittels Kaliumpermanganat, über welches man etwas Glycerin gießt.«

»Sehen Sie, lieber Freund?«, Goethe lachte befriedigt in sich hinein. »Es lässt sich alles ganz natürlich erklären.«

»Der Tod des Großherzogs nicht.«

»Noch nicht. Jedenfalls bin ich nicht mehr bereit, an einen Fluch zu glauben«, erklärte Goethe und fügte nach einem Moment ein wenig eilig hinzu: »Und war es auch nie!«

»Ein Fluch?« Scherer war blass geworden, was seine Nase noch riesiger wirken ließ.

»Ein falscher Fluch!« Goethes Stimme hallte triumphierend durch die Bibliothek. Einige Damen sahen indigniert zu uns herüber, und Goethe fuhr mit sehr viel leiserer Stimme fort. »Damit die herzögliche Familie ihre Zustimmung zur Auflösung des Ringes geben sollte.«

»Es fragt sich, warum?«

Goethe dachte einen Moment darüber nach. Dann zog er sein Notizbüchlein hervor, schrieb etwas hinein und riss die Seite heraus. Er winkte einen der Bibliothekare heran und gab ihm das Papier.

»Ich benötige dieses Buch.«

Der Bibliothekar verbeugte sich und verschwand.

Goethe wandte sich wieder zu uns. »Was, wenn der Ring noch existierte?«

»Aber wir haben doch mit eigenen Augen gesehen, wie er aufgelöst wurde«, entgegnete ich.

Goethe kicherte in sich hinein. »Haben wir das? Wir

haben gesehen, wie ein Ring in ein Behältnis gelegt wurde und daraus verschwand. Was wir sahen, war nichts als ein Taschenspielertrick.«

Ich sah Goethe ungläubig an.

Einige Augenblicke später kehrte der Bibliothekar mit einem überaus alten Buche zurück und reichte es Goethe. *The discovery of witchcraft – by Reginald Scot* las ich auf dem ledernen Einband.

»Das älteste bekannte Buch über Zauberkunst. Es erschien bereits 1564«, erklärte Goethe, während er es aufschlug und ungeduldig begann, darin zu blättern. Ich sah, dass es zahllose Zeichnungen enthielt, konnte aber nicht erkennen, was sie darstellten.

»Sehen Sie!« Goethe hielt uns hocherfreut das aufgeschlagene Buch vor die Nase.

Ich verstand nicht gleich, was ich dort erblickte, doch dann dämmerte es mir. Es handelte sich um ein Gefäß, zu welchem ein Deckel gehörte. In dem Deckel war mittels zweier Eisenfedern ein weiteres etwas kleineres Gefäß befestigt. Setzte man den Deckel auf das erste Gefäß auf, löste sich das kleinere Gefäß und blieb in dem größeren zurück.

»Verstehen Sie?«, rief Goethe. »Die Säure wurde in das obere Gefäß gegossen, wohingegen der Ring in dem unteren lag.«

»Der Professor ist nichts weiter als ein Hochstapler«, stellte ich erschüttert fest.

»Und ein Mörder«, erwiderte Goethe. »Allerdings ein äußerst raffinierter«, fügte er verdrießlich hinzu. »Denn beweisen können wir nicht das Geringste.«

Vierunddreißigstes Kapitel

Noch am selben Abend schickte Goethe mit der reitenden Post ein Schreiben an den Rektor der Universität Erfurt, in welchem er jenen ersuchte, uns umfassend Auskunft über Professor Kranigk zu erteilen.

»Ich wäre nicht sonderlich überrascht, zu lesen, dass es dort gar keinen Professor Kranigk gibt«, erklärte er, während er seinen Ring in den Siegellack drückte.

Ich stimmte zu und beschloss, mich früh zu Bett zu begeben, da mein Kopf immer noch von dem Schlage brummte. Ich fiel auch sogleich in einen tiefen traumlosen Schlaf, aus welchem ich am nächsten Morgen erst spät, aber dafür überaus erfrischt erwachte. Ich fand Goethe bereits beim Frühstücke, wo dieser just dabei war, ein ungeheures Stück Blutwurst zu vertilgen. Ich setzte mich zu ihm an den Tisch und wollte eben nach dem Brote greifen, als mir Goethe mit der freien Hand einen Brief hinüberschob.

Mit vollem Mund murmelte er etwas, was ich als Aufforderung zum Lesen deutete. Ich nahm den Brief und sah, dass er das Siegel der Universität Erfurt trug. Er lautete wie folgt:

»Hochgeehrte Excellenz Geheimrat von Goethe!

Wie überrascht war ich doch, von Ihnen einen Brief

zu erhalten, in welchem Sie Auskunft über unseren Professor Kranigk wünschten. Für gewöhnlich erteilen wir solche nicht über die Mitglieder unseres Collegs, aber in Ihrem Falle wäre ich nur zu gern bereit gewesen, eine Ausnahme zu machen, da ich es als außerordentliche Ehre betrachten würde, Ihnen in jeder nur denkbaren Weise dienlich seyn zu können. Dies um so mehr, als es sich bey Professor Kranigk um einen unserer im höchsten Maße verdienten Lehrkörper handelt, der sich in jahrzehntelanger Forschungs- und Lehrtätigkeit unschätzbare Verdienste um die Universität Erfurt erworben hat – oder wie ich zu meinem größten Bedauern schreiben muss: hatte. Denn der Professor ist heute in den späten Mittagsstunden – nicht lange vor dem Eintreffen Ihres Schreibens – verstorben. Nun können Sie vielleicht verstehen, warum mich Ihr Brief so in Erstaunen versetzt hat; insbesondere, da der Tod des Professors über alle Maßen ungewöhnlich, ja ich muss gar sagen – unerklärlich gewesen ist. Ich selbst und zwei unserer Studenten waren in diesem schrecklichen Augenblicke selbst zugegen, und niemand von uns ist je zuvor Zeuge eines solch unheimlichen Ereignisses gewesen oder hat auch nur von etwas Ähnlichem gehört. Bitte ersparen Sie mir die Schilderung des grauenvollen Geschehens, nur so viel: Als jemand, der sich zeitlebens der Ratio verschrieben hat, widerspricht es mir in meinem innersten Wesen zutiefst, von übernatürlichen Vorgängen zu sprechen, so lange noch die kleinste Aussicht existiert, die Vorgänge auf natürliche Weise zu erklären, aber ich muss zum ersten Male in meiner langen academischen Laufbahn eingestehen, dass es möglicherweise keine gibt. Ich wünschte, Ihnen mit günstigeren Nachrichten aufwarten zu können, hoffe jedoch, Ihnen dennoch behilflich gewesen zu seyn. Bitte zögern Sie nicht, sich erneut an mich zu wenden, sollten Sie weitere Auskünfte wünschen.

Mit vorzüglicher Hochachtung

Ihr ergebener Diener Johann Hieronymus Jacobi.«

Verblüfft ließ ich den Brief sinken, eine solche Wendung der Ereignisse hatte ich nicht erwartet. Goethe sah mich heftig kauend an und rief etwas aus, was vermutlich »Auf nach Erfurt!« bedeutete.

Fünfunddreißigstes Kapitel

Kaum drei Stunden später erreichten wir die Universität zu Erfurt. Wir sprangen aus der Kutsche und durchquerten das prächtige gotische Portal des Collegium Maius. Ich hielt einen Studenten auf, der just des Weges kam.

»Nach dem Bureau des Rektors!«

Der Student maß mich mit verwundertem Blicke, beschrieb dann jedoch den Weg höchst acurat. Nicht lange, und wir hatten die richtige Thüre gefunden und traten ein. Ein hagerer Mann, welcher eben im Begriffe war, an einem Stehpult Einträge in ein schmales Journal vorzunehmen, sah überrascht auf. Er mochte etwa vierzig Jahre alt seyn, wirkte aber durch seinen fast zur Gänze kahlen Schädel um einiges älter.

»Geheimrat von Goethe und Hofrat Schiller«, stellte uns Goethe vor.

Der junge Mann richtete sich, wie vom Blitze getroffen, auf und eilte uns entgegen.

»Seien Sie herzlich willkommen«, rief er hocherfreut, während er sich immer wieder abwechselnd vor Goethe und mir verbeugte. »Welch unerhörte Ehre. Wollen Sie bitte Platz nehmen.« Hastig räumte er einen Stapel Bücher von einem der beiden Stühle. »Haben wir die Ehre mit Professor Jacobi?«, fragte ich, nachdem wir uns gesetzt hatten.

Der junge Mann schüttelte sichtlich erschrocken den Kopf.

»Ich bin der Secretarius des Professors.« Erneut verbeugte er sich. »Bühler.«

»Nun, wir wünschen, ihn unverzüglich zu sprechen«, erklärte Goethe, während er sich wieder erhob.

»Professor Jacobi ist nicht hier, fürchte ich.«

»Wann kommt er zurück?«

»Das weiß ich leider nicht.«

»Gut, wo ist er denn?«

»Auch dies weiß ich leider nicht.«

Goethe ließ ein verärgertes Knurren hören.

»Ich habe ihn gestern Abend zum letzten Male gesehen. Er schrieb noch einen langen Brief, was durchaus unüblich ist, da er für gewöhnlich mir die Briefe dictiert.«

»Das wird der Brief an Sie gewesen seyn«, bemerkte ich zu Goethe. Dieser nickte.

»Dann«, fuhr Bühler fort, »sagte er nur noch, dass er etwas zu erledigen habe, was einige Tage in Anspruch nehmen könne, und ging.«

»Kommt so etwas öfter vor?«, fragte Goethe verärgert.

»Bisher noch nie. Zumindest nicht in den sechs Jahren, seit ich für ihn tätig bin.«

Goethe warf mir einen enttäuschten Blick zu.

»Nun gut, womöglich können Sie uns ebenso gut helfen.«

Bühler verbeugte sich eifrig.

»Was können Sie uns über Professor Kranigk sagen?«

Bühler sah uns erschrocken an. »Sie kommen wegen Professor Kranigk?«

»Ganz recht. Sagen Sie uns alles, was Sie über ihn wissen«, erwiderte ich streng, während ich mich ebenfalls erhob.

»Er ... er ist tot. Er ...«

»Eins nach dem anderen!«, unterbrach ihn Goethe streng.

»Erzählen Sie uns von Kranigk. Was für eine Person war er?«

Bühler sah Goethe verständnislos an. »Was für eine Person? Nun, ich weiß nicht recht. Privatim habe ich ihn kaum gekannt. Aber er war einer der verdientesten Professoren an diesem Hause. Eine Autorität auf seinem Gebiete. Allseits hochgeachtet.«

»Und welches Gebiet wäre das?«, rief ich dazwischen.

»Die Physik und die Chemie.«

»Chemie!« Goethe warf mir einen triumphierenden Blick zu.

»Ist Ihnen je zu Ohren gekommen, dass sich der Professor für altertümliche Flüche interessierte?«

Bühler nickte verlegen. »Nun wohl, es war allgemein bekannt, dass dies ein Steckenpferd des Professors gewesen ist. Eine harmlose Grille, wie man sie bey genialen Gelehrten wohl nicht selten findet.« Bühler lächelte peinlich berührt.

Goethe klopfte beruhigend Bühlers Schulter. »Gewiss doch. Der Aberglaube ist die Poesie des Lebens.«

»War der Professor begütert?«, fragte ich.

Bühler sah mich verlegen an. »Ich glaube kaum. Ich habe ihn immer in denselben zwei Röcken gesehen. Mir ist auch bekannt, dass er nicht selten um einen Vorschuss auf sein Gehalt ersucht hat. – Hier zu lehren, ist durchaus eine Ehre, aber unglücklicherweise eine nicht sonderlich gut honorierte.«

Ich nickte, wusste ich doch aus eigener Erfahrung, dass man selbst berühmten Professoren oft nur Hungerlöhne zahlte.

»Das klingt ganz und gar nicht nach einem Betrüger«, bemerkte ich leise zu Goethe.

»Betrüger?«, rief Bühler entsetzt aus. »Was reden Sie da?«

Goethe schwieg einen Augenblick.

»Vielleicht gab sich unser Professor nur für diesen

aus«, sagte er nachdenklich. Dann wandte er sich wieder an Bühler.

»Wie sah der Professor aus?«

»Etwa siebzig Jahre alt, wohlgenährt, weißes Haar, Brille …«

»Das ist derselbe, den auch wir sahen«, bemerkte ich verstimmt.

Goethe nickte.

»Also gut, erzählen Sie uns nun acurat, wie der Professor um's Leben gekommen ist. Lassen Sie kein Detail aus.«

Bühler musste schlucken.

»Ich war selbst nicht dabei. Ich kann nur wiedergeben, was mir Professor Jacobi erzählt hat.«

Goethe und ich nickten ungeduldig.

»Nun, Professor Kranigk ist verbrannt.«

»Was?«, rief Goethe erregt.

»Verbrannt. Stand plötzlich in Flammen. Und dies, ohne dass eine Flamme in der Nähe gewesen wäre.« Bühler zog ein Schnupftuch aus dem Ärmel und tupfte sich die Stirne.

»Mir fällt es schwer, das zu glauben, aber Professor Jacobi hat es mir genau so berichtet.«

»Wann hat sich das zugetragen?«, fragte ich.

»Gestern am Nachmittage, sagte Professor Jacobi.«

»Und wo?«

Bühler stutzte. »Das hat er nicht gesagt. Aber ich vermute doch, in der Universität.«

»Wo ist der Leichnam des Professors?«, fragte ich.

Bühler dachte einen Augenblick nach. »Das ist mir

nicht bekannt. Möglicherweise in der Aufbahrungshalle des Friedhofs.«

Goethe zog einen Bleistift und sein Notizbuch hervor und schrieb etwas hinein. »Wer waren die anderen beiden Zeugen?«

Bühler leckte sich unsicher die Lippen. »Zwei Studenten«, sagte er zögernd und blickte uns sodann beschwörend an. »Professor Jacobi hat beide zu strengstem Stillschweigen verpflichtet. Es würde dem Ansehen unserer Universität gravierenden Schaden zufügen, wenn dieser Vorfall bekannt würde. Weshalb fragen Sie danach? Haben Sie etwa die Absicht, darüber zu schreiben?«

»Unser Interesse ist rein persönlicher Natur«, suchte Goethe ihn zu beruhigen. »Nur eines noch …«

»Keine weiteren Fragen, ich bitte Sie!« Bühler machte eine abwehrende Handbewegung. »Ich habe Ihnen gewiss bereits weit mehr gesagt, als ich hätte dürfen.«

»Sie haben nichts zu befürchten, bester Freund«, besänftigte ihn Goethe. »Von uns erfährt niemand etwas, ich habe nur eine Bitte, richten Sie Professor Jacobi, sobald er zurückkehrt, unsere besten Empfehlungen aus und sagen Sie ihm, dass wir ihn so bald als möglich zu sprechen wünschen.«

»Wie Euer Gnaden befehlen.« Bühler verbeugte sich nervös lächelnd. Wir dankten ihm und verabschiedeten uns. Er schien ungeheuer erleichtert, als wir das Bureau endlich verließen.

Unsere Stimmung hingegen war nicht die beste. Die Fahrt nach Erfurt hatte sich als Fehlschlag erwiesen.

Nicht nur hatten sich unsere criminalistischen Schlussfolgerungen von einem Augenblicke zum anderen in Luft aufgelöst, sondern es war auch nirgendwo am Horizont eine weitere Spur zu erkennen. Verdrossen strebten wir zum Rathskeller, um uns für die Rückreise zu stärken.

Sechsunddreißigstes Kapitel

Auf der Rückfahrt nach Weimar ereilte uns das nächste Ungemach. Wenige Meilen vor dem Stadttore brach die Vorderachse unserer Kutsche. Dieselbe stürzte um, und Goethe und ich wurden mit Wucht gegen die Wände geschleudert. Ich prellte mir schmerzhaft meine linke Schulter, während sich Goethe das rechte Handgelenk stauchte. Wir fluchten und kletterten unter Schmerzen aus der Kutsche.

Der Kutscher hatte weniger Glück gehabt als wir. Er war vom Bock geschleudert und einige Schritt weiter auf die Straße aufgeschlagen. Er rührte sich nicht, und ich erkannte sogleich, dass er tot war. Das Einzige, was wir noch tun konnten, war, ihn an den Wegesrand zu ziehen und ihn mit seinem Umhang zu bedecken.

Nach einem Moment des stillen Gedenkens spannten wir die Pferde aus, die dank einer glücklichen Fügung unverletzt geblieben waren, und ritten nach

Weimar zurück, wo wir sogleich den herzöglichen Behörden Meldung von dem Unfalle machten.

Weder Goethe noch ich ahnten, dass schon in derselben Nacht weiteres Ungemach über uns hereinbrechen sollte.

Siebenunddreißigstes Kapitel

Ich konnte mich kaum entsinnen, meinen Freund jemals so niedergedrückt gesehen zu haben. Nachdem wir in Goethes Haus zurückgekehrt waren, starrte dieser nur mit desperater Miene aus dem Fenster, während er ein um das andere Mal sein zusammengedrehtes Schnupftuch durch die Finger zog. Ich hatte ihn zuvor bereits in ähnlichen Stimmungen erlebt und wusste, dass diese über Tage und Wochen anhalten konnten und seiner Gesundheit über die Maßen abträglich waren.

Nachdem er das Essen, welches ihm Geist hingestellt hatte, auch nach einer Stunde nicht angerührt hatte und auf alle Fragen, welche ich ihm stellte, nur einsilbig oder gar nicht antwortete, beschloss ich, einen letzten Versuch zu unternehmen, seine tiefe Niedergeschlagenheit zu durchbrechen.

»Lassen Sie uns ins Theater gehen«, rief ich mit vorgetäuschter Heiterkeit, indem ich ihn zur Thüre zog. Erstaunlicherweise ließ er es widerstandslos geschehen. Zwar schien sich seine Stimmung nicht zu verbessern, aber zumindest ging er ohne zu murren neben mir her, und bald hatten wir das Hoftheater erreicht. Doch kaum waren wir dort eingetroffen, befielen mich sogleich heftige Zweifel ob der Klugheit meiner Idee. Unser Erscheinen erregte erhebliches Aufsehen, und ein jeder wollte mit uns über Theaterdinge sprechen. Goethe nickte hie und da geistesverloren mit dem Kopfe, und so oblag es mir, die Conversation zu führen, was mir nicht leicht fiel, da ich viele Personen, welche Goethe ansprachen, gar nicht kannte.

Gottlob war es nicht mehr lang bis zum Beginn der Vorstellung, und so saßen wir bald allein und unbelästigt in unserer Loge. Die Theaterdiener löschten die Kerzen, und der Vorhang glitt auseinander. Ein Schauspieler, welcher mir zunächst unbekannt erschien, in dem ich dann jedoch den Kollegen Blumenthal erkannte, welcher auch schon in zweien meiner eigenen Dramen aufgetreten war, humpelte als buckliger Herzog von Gloucester auf die Bühne.

»Nun ward der Winter unseres Missvergnügens …« hob er mit krächzender Stimme an.

»Der Winter unseres Missvergnügens, weiß Gott!«, murmelte Goethe verdrießlich, aber ich war schon erfreut, dass er überhaupt seine Aufmerksamkeit auf das Stück lenkte und nicht länger vor sich hingrübelte.

Schon bald hatte Shakespeares Stück uns beide gänzlich gefangen genommen, obgleich ich in einem bestimmten Augenblicke auf einmal von dem starken Gefühl durchdrungen ward, mit einem Schlage die Lösung unseres Problemes vollständig vor Augen zu haben. Ich versuchte, den Gedanken festzuhalten, aber er ließ sich nicht ergreifen und verschwand wie hinter einer Nebelwand.

Bald hatte ich den Vorfall wieder vergessen, und auf dem kurzen Weg zum Hause Goethes unterhielten wir uns angeregt über das Gesehene. Goethe war nun geradezu in Hochstimmung, da er die Inscenierung für die künstlerische Bankrotterklärung eines talentlosen Stümpers hielt und mir auf das Schönste die Fülle der gemachten Fehler darlegte. Wieder musste ich die Fähigkeit meines Freundes bewundern, sich ganz und gar einer einzigen Sache hinzugeben und die übrige Welt darüber völlig zu vergessen.

Doch ich hatte zu früh frohlockt, denn sobald wir uns seinem Haus näherten, versank er mehr und mehr erneut in seine Einsilbigkeit, und sein Schritt wurde langsamer und langsamer, beinahe, als fürchte er sich, zu Hause anzukommen. Vor der Thüre blieb er tatsächlich auch stehen und machte keinerlei Anstalten einzutreten.

Eine ganze Minute stand er so da, dann wandte er sich plötzlich um und ging wieder die Straße hinunter, auf welcher wir soeben gekommen waren. Wir passierten den Marktplatz, bogen nach rechts ab, vorbey an der alten Bastille, überquerten die große Brücke, gingen einen kleinen Weg hinunter und befanden uns im Ilmpark. Einsam und friedlich stand es vor uns im Mondlicht. Goethes Zuflucht vor der Welt - sein Gartenhaus.

Achtunddreißigstes Kapitel

Wir mochten noch etwa drei oder vier Stunden bey einander gesessen haben, hatten Wein getrunken und uns über alles Mögliche unterhalten, die Vorkommnisse des Tages peinlichst vermeidend. Schließlich war Goethe auf einem Kanapee eingeschlummert, und auch ich war kaum noch fähig, meine Augen offen zu halten. So erhob ich mich, legte eine Wolldecke über meinen schlafenden Freund und begab mich in das Schlafzimmer im oberen Stockwerk. Da ich kein Nachtgewand hatte und meine Schulter so sehr schmerzte, dass ich den Versuch, meine Stiefel auszuziehen, schnell aufgab, legte ich mich vollständig angezogen auf das kleine Bett, welches Goethe für gewöhnlich auf Reisen mit sich führte. Draußen hatte ein leichtes Gewitter eingesetzt, welches mich aber in meinem Zustand nicht störte, und alsbald fiel ich in unruhigen Schlaf.

Es mochten etwa zwei Stunden vergangen seyn, als mich ein ungeheurer Donnerschlag hochschrecken ließ. Wäre dieser Donner nur einige Momente früher oder später erfolgt, es wäre um mich und ohne Frage auch um Goethe geschehen gewesen, so aber rettete er uns das Leben. Hellwach richtete ich mich in meinem Bette auf, als ein Blitz, gefolgt von einem weiteren Donner, für den Bruchteil eines Momentes meine Stube hell erleuchtete und ich in der Thüre einen Mann erblickte, welcher unverwandt zu mir herüber starrte. Er trug einen langen Mantel, einen breitkrempigen Hut und im Gesicht einen schwarzen Vollbart, der ihm ein wildes Aussehen verlieh. In der rechten Hand hielt er einen Dolch.

Für einen kurzen Augenblick starrten wir uns an. Dann begann er langsam auf mich zuzukommen. Mit einem Satz sprang ich aus dem Bette, schleuderte einen Stuhl nach dem Unbekannten und rief aus Leibeskräften nach Goethe. Für einen mir ewig scheinenden Moment hielt der unbekannte Angreifer inne, dann wandte er sich blitzschnell um und stürmte aus der Stube. Ich ergriff einen schweren Kerzenleuchter und beeilte mich, ihm zu folgen. Doch als ich den Absatz der Treppe erreichte, war er bereits fast am unteren Ende angekommen. Nur noch drei Schritte und er würde den Ausgang erreicht haben und unerkannt in der Dunkelheit entschwinden.

Dann jedoch sah ich ihn erschrocken zurückfahren, um auch im nächsten Momente den Grund dafür zu sehen. Goethe versperrte mit gezogenem Degen die Hausthüre, kampfbereit wie ein Dutzend Gladiatoren. In nur zwei oder drei Sekunden würde auch ich den Eindringling erreicht haben, aber da machte dieser auf der Stelle kehrt, rannte in das Speisezimmer, und im nächsten Moment hörten wir ein gewaltiges Brechen und Splittern. In seiner Verzweiflung war der Unglückliche durch das geschlossene Fenster gesprungen.

Wir hörten laute Schmerzensschreie. Offenbar war er gestürzt und hatte sich verletzt. Goethe ergriff eine Laterne und ich meinen Degen, und im nächsten Augenblicke waren wir bereits durch die Thüre ins Freie gestürzt und umrundeten das Haus, aber außer dem Dolche und einem Teppich aus Glasscherben fanden wir nichts mehr vor. Sogleich rannten wir zum Gartentore, und tatsächlich in der Ferne sahen wir eine Gestalt, welche humpelnd auf das offene Feld des Parks lief.

Wir nahmen die Verfolgung auf, und bald hatten wir ein beachtliches Stück Weges gutgemacht. An einer kleinen Holzbrücke über die Ilm hatten wir ihn bereits fast eingeholt, aber er gab immer noch nicht auf. Er überquerte die Brücke, blieb für einen kurzen Augenblick ohne Orientierung stehen und verschwand dann in einer Öffnung, welche sich in dem vor ihm liegenden Felsen befand. Goethe lachte voller Ingrimm.

»Nun sitzt er in der Falle. Schneiden Sie ihm den Weg ab! Ich folge ihm.«

Augenblicklich verstand ich. Nur einige hundert Meter weiter befand sich der Ausgang der Höhle, ich würde den Eindringling dort erwarten. Während Goethe mit gezücktem Degen in der Höhle verschwand, jagte ich eine kleine Steintreppe hinauf und dann querfeldein über eine verschneite Wiese. Die kalte Luft schnitt mir in die Lungen, aber in nicht einmal drei Minuten hatte ich den Ausgang erreicht. Ich lauschte, aber kein Laut drang mir aus der Höhle entgegen.

Vorsichtig betrat ich den Eingang. Nur in den ersten paar Metern waren durch das Mondlicht noch einige Umrisse zu erkennen, sodann begann die absolute Finsternis. Ich lauschte erneut. Jetzt vermeinte ich weit entfernt langsame Schritte zu hören. Ich schlich einige Schritte vorwärts, um selbst in der Dunkelheit unterzutauchen, als ich unvermittelt auf etwas Weiches trat. Ein panischer Schreck durchfuhr mich.

Ich starrte in das Halbdunkle und erkannte auf dem Boden eine Gestalt, welche unartikulierte Geräusche von sich gab. War ich zu spät gekommen? Hatte der Schurke meinem Freund aufgelauert und ihn schwer verletzt zurückgelassen, bevor er verschwunden war? Ich beugte mich zu der Gestalt hinunter und fuhr zurück, als mir eine gewaltige Alkoholfahne entgegenschlug. Inzwischen hatten sich meine Augen an die Dunkelheit gewöhnt, und ich erkannte, dass es sich um einen betrunkenen Husaren handelte, welcher sich ausgerechnet diesen Ort erwählt hatte, um seinen Rausch auszuschlafen. Ich ließ von ihm ab und tastete mich weiter in die Dunkelheit vor. Die Schritte vor mir waren nun deutlich zu vernehmen, ich hielt den Atem an und umfasste meinen Degen fester. Plötzlich hielten die Schritte inne. Hatte der Andere mich bemerkt? Ich rührte mich nicht, und mein Gegenüber schien ebenfalls abzuwarten.

Dann hörte ich neben mir ein Geräusch, blitzschnell drehte ich mich zur Seite und bemerkte zu spät, dass es sich um eine Finte gehandelt hatte. Der Mann hatte einen Stein in meine Richtung geworfen, auf dass ich meine Position verraten würde. Im nächsten Moment packten zwei kräftige Hände meine Kehle. Ich versetzte meinem Gegenüber einen kräftigen Faustschlag, dorthin, wo ich sein Gesicht vermutete, und er schrie vor Schmerz auf. »Bey allen Teufeln!« Ich prallte zurück. – Goethe!

Sogleich gab ich mich zu erkennen und entschuldigte mich, und gemeinsam eilten wir dem Höhlenausgang entgegen. »Wie ist das möglich?«, schoss es mir durch den Kopf. Dann wurde es mir klar: Der Husar! Der Eindringling musste die Höhle sehr viel schneller als Goethe durchquert, dann jedoch geistesgegenwärtig erahnt haben, dass ich ihn am Ausgang erwarten würde und hatte mich daraufhin mit dieser Maskerade genarrt. Nun war er verschwunden. Fürwahr eine Meisterleistung, welche ich widerstrebend bewundern musste.

Und noch etwas wurde mir bewusst, unser Gegner war ein Mann, der es verstand, in Sekundenschnelle sein Äußeres zu verändern. Wer immer uns künftig gegenübertrat, es konnte jederzeit der Eindringling in einer weiteren Verkleidung seyn. Erneut kam mir unser Theaterbesuch in den Sinn. *Der Winter unseres Missvergnügens* ... So konnte man diesen nur im günstigsten Falle nennen.

Wenn es schlecht ausging, würde dies der Winter unseres Todes seyn.

Neununddreißigstes Kapitel

Die Uhr hatte soeben Zehne geschlagen, als wir erneut die Universität von Erfurt betraten. Nachdem wir in das Gartenhaus zurückgekehrt waren und die Nacht schwer verbarrikadiert und uns mit der Wache abwechselnd verbracht hatten, waren wir noch vor Sonnenaufgang erneut gen Erfurt aufgebrochen. Mochte der Rektor auch immer noch nicht zugegen seyn und mochte Bühler uns alles berichtet haben, was er wusste - oder sollte man nicht eigentlich sagen, *was er gehört hatte*? -, wir hatten uns entschlossen, unsere eigenen Schlussfolgerungen aus den dortigen Umständen zu ziehen. Diesmal wollten wir selbst die Stelle in Augenschein nehmen, an welcher Professor Kranigk angeblich den Tod gefunden hatte, und was noch bedeutsamer war, wir beabsichtigten, mit den anderen beiden Zeugen zu sprechen.

Bühler, der uns wohl schon vom Fenster aus gesehen haben mochte, kam uns bereits auf der Treppe entgegengelaufen.

»Welch Glücksfall! Soeben war ich dabei, Ihnen zu schreiben, und nun kommen Sie gleich selbst. Professor Jacobi ist zurück und wünscht, Sie dringend zu sprechen.«

Eilig folgten wir Bühler nach oben in das Vorzimmer

des Rektors. Bühler klopfte an die Thüre und ließ uns eintreten. »Geheimrat von Goethe und Hofrat Schiller«, vermeldete er dem überrascht dreinblickenden Jacobi, bevor er sich zurückzog.

Jacobi erhob sich von seinem Schreibstuhle, was ihm angesichts seiner unerhörten Beleibtheit sichtlich schwer fiel.

»Was verschafft mir die Ehre Ihres Besuchs?«

Goethe warf mir einen überraschten Blick zu.

»Nun, wir wüssten gerne Näheres über die tragischen Umstände, durch welche Professor Kranigk zu Tode gekommen ist.«

»Wer?«

»Professor Kranigk.«

»Kranigk? Ich fürchte, ich kenne niemanden dieses Namens.«

»Aber in Ihrem Briefe schrieben Sie mir ...«

»Brief? Was für ein Brief?«

Goethe starrte den Professor verwirrt an, und der Professor starrte mindestens ebenso verwirrt zurück.

In diesem Moment wurde ich eines Rinnsales gewahr, welches sich vor meinen Füßen ausbreitete. Ich blickte um mich, um festzustellen, wo es seinen Ursprung hatte, und sah, dass es unter dem Thürspalt hervorquoll. Soeben wollte ich Goethe und Jacobi darauf aufmerksam machen, als plötzlich von der Thüre her eine Flamme sich in Windeseile ausbreitete. Im Nu hatte sie den Teppich, ein Kanapee und eine Landkarte erfasst und breitete sich geschwind weiter aus.

Mit einem Satz war ich an der Thüre, aber so sehr

ich an der Klinke rüttelte, die Thüre blieb verschlossen. Offenkundig war sie von außen in irgendeiner Weise blockiert worden. Goethe war zu einer 2ten Thüre gelaufen, welche in einen Nebenraum führen mochte, aber auch diese ließ sich nicht öffnen. Inzwischen stand das halbe Zimmer in Flammen. Ich riss das Fenster auf und sah hinunter. Zum Herabspringen war es viel zu hoch. Doch erblickte ich einen schmalen Sims, welcher unterhalb des Fensters am Gebäude entlangführte, sowie ein Fenster, das zum benachbarten Zimmer gehören musste.

Ohne über die Gefahr nachzusinnen, schwang ich mich auf die Brüstung und setzte meine Füße vorsichtig auf den Steinsims. Erst jetzt bemerkte ich, dass dieser abschüssig war. Jeglichen Blick nach unten streng vermeidend, tastete ich mich, an die Wand gepresst, Schritt für Schritt weiter, bis ich das andere Fenster erreicht hatte. Ich fand es verschlossen. Mit dem Ellenbogen schlug ich eine der kleinen Scheiben ein und öffnete den Riegel. So schnell ich es vermochte, kletterte ich in das Innere und eilte zur Thüre, welche zugesperrt worden war, indem jemand einen Stuhl unter die Thürklinke geklemmt hatte. Ich trat den Stuhl zur Seite und öffnete die Thüre.

Keinen Moment zu früh, denn bereits im nächsten Augenblicke stürzten der Professor und Goethe aus dem Zimmer und eine Wolke aus Luft, welche zu glühen schien und mir für einen Moment den Atem nahm, schlug mir entgegen. Sogleich eilten Goethe und ich auf den Gang hinaus und stürmten in das Vorzimmer des Rektors. Auch hier fanden wir die Thüre, welche zum Bureau führte, mittels eines Stuhles versperrt. Auf dem Boden lagen noch zwei leere Branntweinflaschen, welche offenkundig zur Entfachung der Flammen benutzt worden waren.

Secretarius Bühler jedoch war verschwunden.

Vierzigstes Kapitel

Bühler! Wie blind wir doch gewesen waren. Er war es, der uns in der Maske des Professor Kranigk erschienen war, als vollbärtiger nächtlicher Eindringling und als betrunkener Husar.

Als Secretarius von Professor Jacobi war es ihm ein Leichtes gewesen, jegliche Nachfragen nach Professor Kranigk in seinem eigenen Sinne zu beantworten. Ich konnte nicht umhin, Bühlers Geschicklichkeit zu bewundern. Er hatte auf diese Weise eine Gestalt von einiger Reputation erschaffen, welche jederzeit brieflich erreicht, aber gleichzeitig niemals gefunden werden konnte. Jetzt waren wir zu Bühlers Wohnung unterwegs, welche laut Auskunft Jacobis nicht weit von der Universität entfernt lag. Es war höchst unwahrscheinlich, dass wir Bühler dort noch antreffen würden, gewiss war er längst über alle Berge - in was für einer Maske auch immer -, aber es war leider die einzige Spur, welche wir zur Zeit verfolgen konnten.

Doch je näher wir unserem Ziele kamen, desto überfüllter waren die Gehsteige. Jedermann schien in die nämliche Richtung zu streben, und schnell hatten wir uns in einem schauderhaften Menschengewimmel, welches uns gegen unseren Willen forttrug, gänzlich aus den Augen verloren.

Bald fand ich mich auf dem Domplatze wieder, und nun sah ich auch, worin der Menschenauflauf seine Ursache hatte. In der Mitte des Platzes befand sich eine riesenhafte Kugel, welche in der Luft zu schweben schien und unter der mittels einiger Seile ein Korb befestigt war, groß genug, dass einige erwachsene Männer darin hätten stehen können. Neben der Kugel war ein kleines Podest aufgebaut, auf welchem drei Männer standen. Zwei von ihnen riefen abwechselnd etwas in die aufgeregte Menge. Ich war zu weit entfernt, um es verstehen zu können, konnte aber bemerken, dass der eine Mann französisch sprach, während der andere Mann es offenbar ins Deutsche übersetzte.

Plötzlich entdeckte ich Goethe, welcher sich direkt vor dem schwebenden Wunderwerk befand und dieses auf das äußerste interessiert in Augenschein nahm. Dann sah ich ihn den dritten Mann auf dem Podeste ansprechen. Dieser gab sich zunächst abweisend, nach einigen weiteren Worten Goethes jedoch stieg er eilfertig von dem Podeste hinunter und wandte sich nun sehr zuvorkommend Goethe zu.

Mühsam drängte ich mich durch die Menschenmassen nach vorn, wobey ich mehr als einmal fürchtete, bey lebendigem Leibe zerquetscht zu werden, aber schließlich hatte ich Goethe erreicht. Der schien unser eigentliches Vorhaben indessen gänzlich vergessen zu haben und redete in recht passablem Französisch auf den Mann ein. Erst als er mich erblickte, erschien er aus seiner Euphorie zu erwachen. Widerwillig verabschiedete er sich von dem Manne, und gemeinsam bahnten wir uns einen Weg aus dem Getümmel.

»Das sind die Brüder Montgolfier aus Paris«, erklärte er mir voller Enthusiasmus. »Sie haben ein Gerät construiert, das vermittels heißer Luft zu fliegen vermag.«

Ich zuckte nur die Schultern. Freilich hatte ich selbst auch bereits von den Brüdern und ihrer Erfindung gehört, aber in diesem Momente stand mir der Sinn nicht nach Jahrmarktsspielereien. Wir hatten Wichtigeres zu tun.

Nicht lang, und wir erreichten das Gebäude, in welchem Bühler wohnte, ein schmales Lehmhaus in einer schäbigen Seitengasse. Goethe stellte sich auf die Zehenspitzen, lehnte die Hände an die Augen und starrte durch ein Fenster in das Innere. Dann trat er zur Thüre und rüttelte am Thürknopf. Ich sah mich um und erblickte eine alte Vettel, welche auf einem Schemel Kartoffeln schälte und misstrauisch zu uns hinüber schielte. Ich nickte ihr eben zu, um ihr zu bedeuten, dass alles seine Richtigkeit habe, als ich das Splittern von Holz neben mir gewahrte. Goethe hatte sich mit seinem ganzen Gewicht gegen den Eingang geworfen und so das Schloss herausgebrochen. Sodann machte er eine einladende Handbewegung.

»Nach Ihnen, lieber Freund.«

»Vielleicht sollten wir nach der Polizey rufen, bevor wir hier unrechtmäßig …«

Goethe winkte ab. »Wenn man alle Gesetze studieren wollte, hätte man gar keine Zeit, sie zu übertreten.«

Entschlossen drang er in das Innere vor, und ich folgte ihm, allerdings weit weniger entschlossen. Ich zog die Thüre heran, so gut es eben ging, und wir begannen, uns umzusehen. Alles in der kleinen Wohnung war wohlgeordnet und auch nach fast einer Stunde hatten wir nichts zu entdecken vermocht, was darauf schließen ließ, dass ihr Bewohner etwas anderes war, als er vorgab zu seyn. Wir wollten die Wohnung bereits wieder verlassen, als ich plötzlich auf einige halbrunde Schleifspuren im Holzboden aufmerksam wurde, welche vor einem Schrank begannen, der an der Wand stand, die der Eingangsthüre gegenüber lag. Offenbar war der Schrank häufig bewegt worden.

Ich rückte den Schrank ein Stück von der Wand ab, was leichter ging, als ich angenommen hatte. Dahinter befand sich ein Vorhang. Unwillkürlich zogen wir beide unseren Degen. Dann riss ich den Vorhang zur Seite, und wir betraten eine fensterlose Kammer. Goethe entzündete ein Wachslicht, und wir sahen uns um. Die Kammer glich einer Theatergarderobe. Über einem Tisch mit Schminkutensilien hingen ein großer Spiegel und an den Wänden eine Reihe von Kleidungsstücken. Einige erkannten wir wieder: Die Kleider von Professor Kranigk und ebenfalls einen langen Mantel, dessen Innenseite wie eine Husarenuniform aussah. In den Kisten und Kästen, welche die Kammer füllten, fanden wir falsche Bärte, falsche Nasen, falsche Zähne und Perücken der mannigfaltigsten Art.

»Ei, was haben wir denn hier?«

Goethe hatte eine Truhe geöffnet, welche bis zum Rande mit Theaterzetteln gefüllt war. Die meisten von den Theatern in Meiningen und Nürnberg. Die Stücke waren vielfältigster Art. Shakespeare, Kotzebue, Plautus, Molière, Goldoni, ja selbst von mir fanden sich einige. Nicht allerdings von Goethe, was diesen durchaus zu verdrießen schien. Eines jedoch schien allen diesen Theaterzetteln gemeinsam zu seyn: In jedem dieser Stücke spielte ein Schauspieler namens Maximilian De Vrient.

»Das muss sein wahrer Name seyn!«, rief ich aus.

»Was nützt es? Er ist fort«, brummte Goethe immer noch verstimmt. »Wir haben nicht die leiseste Idee, wohin er entschwunden ist.«

»Der Ring!«, rief ich einer plötzlichen Eingebung folgend. »Er will ihn verkaufen.«

»Und?« Mit seiner Stimmung hatte sich auch Goethes Geist in den Schmollwinkel zurück gezogen.

»Der Ring ist unermesslich wertvoll. In Erfurt wird er niemanden finden, der ihm einen angemessenen Preis dafür zahlen kann.

Er muss in eine große Stadt, wo ihn niemand sucht und in welcher es zahlreiche reiche Männer gibt, eine Stadt, in der traditionell mit kostbarem Schmuck gehandelt wird.«

»Davon gibt es nicht viele«, rief mein Freund mit

frisch erwachtem Enthusiasmus. »Und wenn wir Glück haben, fährt er mit einer Kutsche.«

Ohne eine Antwort abzuwarten, lief er hinaus, und als ich ihm auf die Gasse gefolgt war, sah ich Goethe soeben noch hinter der nächsten Straßenecke verschwinden.

Einundvierzigstes Kapitel

Bald erreichten wir die Rösserbrücke, von wo die Postkutschen in andere Städte abfuhren. Wir erkundigten uns beim Vorsteher nach De Vrient, und sobald ihm Goethe ein paar Groschen zugesteckt hatte, wich auch dessen anfängliches Misstrauen, und er erinnerte sich an einen Passagier, auf welchen die Beschreibung passte und der vor weniger als drei Stunden die Kutsche nach Nürnberg bestiegen hatte. Nürnberg! Goethe und ich sahen uns triumphierend an. Unsere Überlegungen hatten sich als vollkommen zutreffend erwiesen. Zu unserer großen Erleichterung sollte bereits eine Stunde später die nächste Kutsche nach der selben Richtung abfahren. Somit hatte De Vrient vier Stunden Vorsprung, aber bey einer Reise, die drei Tage dauerte, waren wir guten Mutes, diesen in der Zwischenzeit leicht aufholen zu können.

Wir nutzten die verbleibende Zeit bis zur Abfahrt, um in einer Schänke eine gute Mahlzeit zu uns zu nehmen, und erschienen pünktlich zur festgesetzten

Stunde erneut an der Rösserbrücke. Der Postillion machte ein sonderbar beklommenes Gesicht, und plötzlich wurde ich gewahr, dass sich überall um uns herum Gendarme befanden. Ich wollte soeben Goethe darauf aufmerksam machen, als ein breitschultriger Hauptmann uns den Weg vertrat und uns beide für arrestiert erklärte. So sehr Goethe und ich auch protestierten, man fesselte uns die Hände auf den Rücken und führte uns davon wie gemeine Verbrecher, während die Kutsche nach Nürnberg ohne uns abfuhr.

Zweiundvierzigstes Kapitel

Nun befanden wir uns in einer äußerst misslichen Lage. Wie sich herausstellte, war einige Stunden zuvor ein halbwüchsiger Junge auf der Hauptwache erschienen und hatte einen anonymen Brief überbracht, welcher jedoch ohne jeden Zweifel von De Vrient verfasst worden war und in welchem zu lesen stand, dass die beiden Übeltäter, welche ein Feuer in der Universität gelegt hätten, die Nachmittagskutsche nach Nürnberg zu nehmen beabsichtigten. Erneut war uns De Vrient um einen Schritt voraus gewesen. Nun saßen wir also in einer engen Kerkerzelle, und unsere Hoffnung, den flüchtigen Schurken noch rechtzeitig einzuholen, wurde von Minute zu Minute geringer.

Goethe war außer sich, schlug ein ums andere Mal mit der Faust gegen die schwere Eisenthüre und beklagte lauthals die grenzenlose Eselhaftigkeit der Beamten, welche nicht erkannten, mit wem sie es zu tun hatten. Schließlich rührte sich etwas; jedoch nicht an der Thüre, sondern einige Meter über uns, wo sich in der Decke ein Gitter befand, welches in den Fußboden eines darüberliegenden Ganges eingelassen war. Ein vierschrötiger Glatzkopf sah verdrießlich zu uns hinunter.

»Halt er's Maul, Lumpenhund!«

Goethe richtete sich zu voller Größe auf.

»Erkennt er nicht, wen er vor sich hat, Mann?«

»Wen denn?«

»Johann Wolfgang von Goethe und Friedrich Schiller.«

Wiewohl ich wusste, dass dies die reine Wahrheit war, klang es im gegenwärtigen Augenblicke selbst für meine Ohren etwas unglaubwürdig. Die Antwort ließ auch nicht lange auf sich warten.

»Und ich bin Mozart, Saukerl!«

»Bey allen Teufeln!« Goethe wurde zornesrot im Gesicht. »Er ist ein scheißiger Dummkopf. Hol' er augenblicklich den Hauptmann herbei!«

Das Gesicht des Vierschrötigen verschwand und für einige Momente schöpfte ich Hoffnung, dass Goethes majestätisches Auftreten zum Erfolg geführt hätte und wir nun alsbald entlassen würden. Doch im nächsten Moment ergoss sich ein ganzer Eimer Wasser von oben in unsere Zelle.

Bewundernswert geistesgegenwärtig sprang Goethe mit einem gewaltigen Satz zur Seite, so dass nur ich von der stinkenden Brühe getroffen wurde.

Dreiundvierzigstes Kapitel

Sehr spät am Abend wurden wir aus dem Kerker entlassen. Man hatte endlich Goethes stundenlangem Gezeter nachgegeben und Professor Jacobi herbeiholen lassen, welcher unsere Schuldlosigkeit augenblicklich bestätigte. Der Hauptmann befahl unsere unverzügliche Freisetzung, nicht ohne Bedauern, wie ich bemerken konnte –, hatte er doch gedacht, einen bedeutenden Fang gemacht zu haben. Erleichtert über unsere zurückgewonnene Freiheit, aber auch nicht wenig erzürnt, verließen wir das Justizgebäude. Durch unsere Inhaftierung hatte De Vrient einen ganzen Tag Vorsprung gewonnen und jegliche Hoffnung, den flüchtigen Schurken noch einzuholen, hatte sich in Luft aufgelöst.

Verdrossen trotteten wir nebeneinander her, als mir mit einem Schlage eine Idee aufging, welche so vollständig wahnsinnig war, dass ich sie mehr zum Scherze äußerte, denn als ernsthaften Vorschlag: der Ballon der Montgolfier-Brüder. Er wäre zweifellos um einiges schneller als eine Postkutsche, und mit ihm ließe sich De Vrient auch jetzt noch ohne Weiteres einholen. Goethe war bereits einverstanden, bevor ich auch nur zu Ende gesprochen hatte, und zerrte mich voller Ungeduld am Ärmel in Richtung des Domplatzes.

Als wir ihn kurz darauf erreichten, war er fast gänzlich in Finsternis getaucht und nur aus zwei oder drei Fenstern drang noch schwacher Kerzenschein. In der Ferne hörte ich eine Kirchturmuhr elfmal schlagen. Zuerst wollte es mir scheinen, als sey der Ballon nicht mehr an seinem Platze, jedoch nach und nach erkannte ich in der Dunkelheit seine gewaltigen Umrisse. Wir sahen uns um, ob jemand in der Nähe war, aber der riesige Platz war menschenleer. Leise näherten wir uns dem gewaltigen Ungetüm, dessen runde Stoffhülle knarrend im Wind wogte.

Von einer plötzlichen Sorge ergriffen, fasste ich Goethe an der Schulter. Taten wir das Richtige? Immerhin war der Ballon nicht unser Eigentum. Goethe beruhigte mich. Die Montgolfiers waren genau wie er selbst Freimaurer. Sie würden es sich keinesfalls nehmen lassen, einem »Bruder« zu helfen, ja sie wären sogar zu Recht auf's Höchste gekränkt, wenn er sich nicht ihrer Hülfe bediente. Den Leser mag es verwundern, dass mich dies überzeugte, aber Goethe wusste es etwas kunstreicher zu sagen, als ich es hier wiedergeben kann, und so schien es mir in diesem Momente überaus sinnvoll zu seyn.

Wir kletterten in den Korb, welcher unter dem Ballon befestigt war, und entdeckten eine kompliziert aussehende Apparatur, mittels derer wohl die Luft erhitzt wurde, welche sich in der Ballonhülle befand. Bey genauerem Hinsehen erwies sie sich aber gar nicht als kompliziert, sondern als höchst simpel. Vermittels eines Zahnrades, an welchem man drehen konnte, ließ sich ein Funken erzeugen, welcher wiederum einen mit brennbarer Flüssigkeit getränkten Docht in Brand setzte. Dieser führte in einen Behälter, der mit der selben Flüssigkeit gefüllt war. Über ein Rad an der Seite der Apparatur ließ sich die Größe der Flamme bestimmen.

Im Nu brannte eine stattliches Feuer, welches dem Ballon, der ein wenig in sich zusammengefallen war, bald wieder zu voller Größe verhalf, und ehe wir's uns versahen, erhob sich das Fluggerät mit uns darin in die Lüfte. Nach wenigen Augenblicken waren wir bereits ein ganzes Stück höher als die höchsten Dachspitzen des Domes, und schnell wurden uns zwei zutiefst bedeutsame Dinge bewusst: Goethe, dass er unter Höhenangst litt, und mir, dass wir nicht wussten, wie man einen Ballon steuert. Zur Hilflosigkeit verdammt, trieben wir höher und höher und zu allem Überflusse auch noch in Richtung Norden, was genau die allerverkehrteste Richtung für eine Reise nach Nürnberg war.

Es dauerte jedoch nicht lange, bis ich nach einigem Experimentieren herausfand, dass sich der Ballon steuern ließ, indem ich die Flamme vermittels des Rades vergrößerte oder verkleinerte und so den Ballon so lange zum Steigen brachte, bis wir uns in derjenigen Luftströmung befanden, welche uns in die gewünschte

Richtung trieb. Dieses simple, aber nichtsdestoweniger geniale Prinzip, erfüllte mich mit freudiger Bewunderung. Ich versuchte, Goethe meine Entdeckung mitzuteilen, aber er war zu sehr damit beschäftigt, sich, am Boden sitzend, mit aller Kraft an den Wänden des Korbes festzuhalten und mit weit aufgerissenen Augen die Flamme zu fixieren, welche die Ballonhülle mit heißer Luft versorgte.

Ich öffnete nach und nach die kleinen Kisten, welche im Inneren des Korbes angebracht waren, und entdeckte nicht nur Decken und Proviant, sondern auch einige Landkarten und einen Kompass, mit deren Hilfe ich uns alsbald auf den richtigen Kurs gebracht hatte. Endlich kamen wir gut voran, und sollte es keine unvorhergesehenen Zwischenfälle geben, so würden wir, davon war ich nun überzeugt, lange vor De Vrient in Nürnberg eintreffen. Zum ersten Male empfand ich, dass unser Abenteuer eine unerwartet gute Wendung genommen hatte.

Eine Ansicht, welche Goethe allem Anschein nach leider nicht zu teilen vermochte.

Vierundvierzigstes Kapitel

Die ganze Nacht und bis nach Mittag des folgenden Tages flogen wir so dahin. Wenn meine Berechnungen ungefähr zutreffend waren, kamen wir etwa vier Mal so schnell voran wie De Vrients Kutsche und hatten ihn wahrscheinlich in den Morgenstunden bereits überholt. Da wir nicht wussten, wen De Vrient in Nürnberg aufzusuchen gedachte, beschlossen wir, in der Nähe der nächsten Pferdewechselstation zu landen und daselbst auf ihn zu warten. Weil ich das Navigieren mit Karte und Kompass gerade in soweit beherrschte, dass wir in die einigermaßen richtige Richtung flogen, jedoch wiederum nicht so gut, dass ich einen exakt bestimmten Punkt finden konnte, senkte ich den Ballon so weit ab, dass ich mich am Verlauf der Straße orientieren konnte. Da jedoch - wie schon gesagt - das Lenken dieses Luftgefährtes nur über Luftströmungen von statten geht, war ich - wenn ich die Straße im Blick haben wollte - gezwungen, mit einer äußerst niedrigen Strömung vorlieb zu nehmen.

In etwa vier Fuß Höhe segelten wir so neben der Straße einher. Immer noch kamen wir gut voran, aber die kühne Eleganz dieser Unternehmung war erbärmlicher Zweckmäßigkeit gewichen. Goethe jedoch schien zum ersten Male Gefallen am Ballonfliegen zu finden.

Er richtete sich auf, blickte mit erhobenem Kinne in die Ferne und sah einem Kapitäne gleich, welcher auf der Brücke seines Dreimasters sämtlichen Stürmen der Weltmeere trotzt. Als wir einmal einer Kutsche begegneten, grüßte Goethe huldvoll den Kutscher, während dieser starr vor Staunen auf uns herabblickte.

Fünfundvierzigstes Kapitel

Bald tauchte in der Ferne die Poststation auf. Um keinerlei Aufsehen zu erregen, beschlossen wir, den Ballon zu landen, bevor man ihn von dort erblicken würde. Mir gelang es, ihn hinter ein kleines Wäldchen zu steuern und dort niederzugehen. Da jedoch der Ballon immer noch weithin sichtbar war, fanden wir es angeraten, sämtliche Luft aus der Ballonhülle strömen zu lassen. Das war leichter gesagt als getan. Zwar hatten wir es vermocht, den Ballon dergestalt auf den Boden zu bringen, dass er auf der Seite lag, aber die Luft strömte doch nur zur Hälfte heraus. Schließlich begannen wir, auf der Ballonhülle wild umherzuspringen, was nicht nur den gewünschten Erfolg brachte, sondern uns – wie ich nicht ohne Beschämung bekennen muss – ein kindisches Vergnügen bereitete.

Nachdem wir die Hülle in den Korb gelegt und denselben mit Zweigen getarnt hatten, begaben wir uns zu Fuße zur Station, welche sich als bedeutend größer erwies, als sie uns aus der Ferne erschienen war. Sie bestand aus einem großen Holzhause, welches über eine geräumige Schankstube sowie im oberen Stockwerke etliche kleine Kammern für die Reisenden verfügte. Daneben befanden sich Stallungen und ein weiteres Gebäude, welches allem Anschein nach die Werkstatt des Stellmachers war.

Als wir die Schankstube betraten, verstummten die Männer, die eben noch fröhlich gespeist und durcheinander gerufen hatten, und sahen uns mit verwunderten Mienen an. Im selben Moment wurde ich gewahr, dass es ihnen wohl unerklärlich vorkommen musste, dass plötzlich zwei Fremde wie aus dem Nichts auftauchten, ohne dass zuvor auch eine Kutsche eingetroffen war. Goethe murmelte etwas von einem Unfall mit der Kutsche und klopfte nicht vorhandenen Schmutz von seinem Rocke.

Wir traten zum Schanktresen, hinter welchem der Wirt, ein bärbeißiger Geselle von kräftiger Statur, uns misstrauisch anblickte, und verlangten zu speisen sowie zwei Zimmer für die Nacht. Nach den Erlebnissen der letzten Tage, war mir daran gelegen, nicht das kleinste Risiko einzugehen, dass De Vrient auf irgendeinem Wege von unserer Ankunft erfuhr, und so stellte ich mich, einer plötzlichen Eingebung folgend, als Dr. Ritter vor. Goethe schien es freilich für einen Schabernack zu halten und stellte sich seinerseits als Filippo Miller vor. Und fügte noch mit einer leichten Verbeugung hinzu: »Maler!«

Sechsundvierzigstes Kapitel

Nachdem wir uns mit dünner Kartoffelsuppe und einem leichten Würzburger Tischwein etwas gestärkt hatten, beschlossen wir, sogleich auf unsre Stuben zu gehen und uns niederzulegen. Hatten wir doch in der letzten Nacht gar keinen und in den vorherigen Nächten nur sehr wenig Schlaf gefunden. Die nächste Kutsche aus Erfurt, so hatte der Wirt uns erklärt, würde frühestens zur Mittagsstunde des folgenden Tages hier eintreffen. Mehr tot als lebendig schleppte ich mich mit Goethe die Stiege hinauf. Ich fand meine Stube, und kaum hatte ich mich meiner Stiefel und meines Rockes entledigt, sank ich schon in meinen Kleidern auf das Bett und fiel im Nu in tiefen Schlaf.

Mir träumte, ich würde dem Ikarus gleich durch den Himmel fliegen. Über grüne Wälder, blaue Seen und schneebedeckte Berge. Mit einem Male erblickte ich die Kronprinzessin. In einem weißen Kleide stand sie auf dem höchsten Gipfel und rief in tiefster Verzweiflung um Hilfe. Ich wollte zu ihr eilen, doch kaum war ich auf dem Berge angelangt, stand, wie aus dem Boden gewachsen, plötzlich Professor Kranigk mit gezogenem Degen vor mir und grinste mich höhnisch an. Ich zog gleichfalls meinen Degen, und wir kämpften mit äußerster Erbittertheit. Mehrere Male gelang es Kranigk um ein Haar, mir eine tödliche Wunde zuzufügen, aber jedes Mal konnte ich in letztem Augenblicke zur Seite springen. Doch je länger unser Kampf fortdauerte, desto geschickter wurde ich, und schließlich versetzte ich Kranigk einen tödlichen Stoß, woraufhin er mit verzerrter Fratze über den Abgrund stolperte und in die Tiefe stürzte. Sogleich schloss ich die Prinzessin in meine Arme, welche mein Gesicht über und über mit lieblichen Küssen bedeckte.

Doch da wurde ich auf das Derbste aus meinem Traume gerissen. Schwere Hammerschläge, so wollte es mir scheinen, polterten gegen meine Thüre, und es war mir auch, als würde ich in der Ferne meinen Namen vernehmen. Zunächst beschloss ich, das Ganze als Traum anzusehen und einfach etwas Erfreulicheres zu träumen. Das jedoch gelang nicht, und so versuchte ich, den Lärm zu ignorieren, und vergrub meinen Kopf in dem Kissen. Doch auch das half nichts, denn das Hämmern und Rufen hielt an und wurde lauter und lauter. Schließlich war es mir genug. Noch halb im Schlaf, aber gleichzeitig erfüllt von einer heiligen Wut über den frevlerischen Ruhestörer, wankte ich zur Thüre, um dem entsetzlichen Lärmen ein Ende zu bereiten, und riss die Thüre auf. Doch da stand nur Goethe, der mich unrasiert, mit wirren Haaren und gehetzten Blicken anstarrte.

»Goethe, was zum Henker …?«

»Wir sind zu spät«, rief er aufgebracht. »Die Kutsche aus Erfurt, sie ist bereits hier.«

»Ruhig Blut. Die Kutsche kommt erst morgen Mittag.«

»Es *ist* morgen Mittag«, schrie Goethe wütend, während er in meine Stube stürmte und die groben Vorhänge beiseite riss, so dass mit einem Male grelles Sonnenlicht hereinströmte.

Ich war wie zerschmettert. Offenkundig hatten wir – auf Grund unserer gewaltigen Müdigkeit – über achtzehn Stunden geschlafen. So schnell ich konnte, zog ich mich an und mit äußerer Ruhe, aber innerlich bebend, schritten wir die Treppe zum Schankraume hinab, wobey wir unsere Blicke unauffällig umher wandern ließen. Die Wirtsstube war voll mit Männern und Frauen jeglichen Alters, jedoch De Vrient schien nicht unter ihnen zu seyn. Goethe trat zu dem Wirt und drückte ihm ein paar Münzen in die Hand.

»Auf ein Wort!«

Der Wirt betrachtete kurz das Geld und grinste. »Was steht zu Diensten, Euer Gnaden?«

»Wir suchen einen Mann, welcher mit der Kutsche aus Erfurt gekommen ist.«

»Etwa vierzig Jahre alt, aber älter wirkend. Mit kahlem Kopfe«, fügte ich hinzu.

Der Wirt kratzte sich am Kinn. »Das ist freilich merkwürdig.«

Goethe kniff die Augen zusammen. »*Was* ist merkwürdig?«

»So ein Mann, wie Sie da beschreiben, war hier. Und er hat sich auch nach Ihnen erkundigt.«

»Wie kann er wissen, dass wir hier sind?«, rief ich aus und bereute es sogleich.

»Man redet hier nun mal überall von Ihnen.«

Goethe setzte eine arglose Miene auf. »Ei, warum dieses?«

Der Wirt blinzelte erst Goethe und dann mich listig an.

»Nun wohl. Zum Einen, weil Ihr zwei Fremde seid, die einen Unfall mit einer Kutsche hatten, welche nirgendwo aufzufinden ist, und zum Andern, weil hinter dem Wäldchen dort hinten ein Luftfahrzeug liegt, welches niemandem gehören will. Deshalb!«

Goethe öffnete den Mund, als wolle er etwas entgegnen, aber offensichtlich fiel ihm just nichts Günstiges ein.

»Wie, sagtet Ihr doch gleich, war Euer Name?« Die Stimme des Wirtes klang gleichmütig, aber er ließ Goethe keinen Moment aus den Augen.

»Filippo Miller.«

»Und Dr. Ritter«, ergänzte ich. »Wo ist der Mann, welcher sich nach uns erkundigt hat?«

Der Wirt würdigte mich keines Blickes.

»Filippo? Ist das nicht italienisch? Ihr seht gar nicht aus wie einer aus Italien, und Ihr sprecht auch nicht so.«

»Nur meine Mutter war Italienerin, mein Vater stammt aus Frankfurt.«

»Wie interessant, wie hieß Eure Frau Mutter?«

Goethe zögerte unmerklich. »Faustina Borghese«, sagte er dann mit fester Stimme. »Und nun«, er fasste den Mann scharf ins Auge, woraufhin dieser erschrocken zusammenzuckte, wie ich es schon einige Male auch bey anderen Personen erlebt hatte, wenn Goethe diesen Blick aufsetzte, »und nun sagen Sie mir augenblicklich, wo ist der Mann, welcher sich nach uns erkundigt hat?« Goethes Augen ruhten weiterhin durchdringend auf dem Wirte, während er ihm noch zwei weitere Münzen in die Hand drückte.

»Ich weiß es nicht, er hat vor einiger Zeit die Schankstube verlassen«, antwortete der Wirt langsam, »aber fort kann er nicht seyn, die nächste Kutsche geht erst in einigen Minuten.«

Das war alles, was wir wissen mussten. Bereits im nächsten Augenblick waren wir ins Freie gestürzt. Dort erblickten wir die Kutsche. Sie schien abfahrbereit, denn der Kutscher ließ bereits das Hornsignal hören. Mit einem Sprung waren wir am Wagenschlag, und ich riss die Thüre auf. Drei Augenpaare musterten uns erschrocken. Eine elegante Dame sowie ein kleiner Junge und ein halbwüchsiges Mädchen. Vermutlich die Kinder der Dame. Der vierte Platz war leer. Goethe und ich sahen uns an. De Vrient musste sich noch hier aufhalten.

Gerade wollte ich die Dame nach ihm befragen, als der Kutscher ein letztes Mal ins Horn blies und die Kutsche sich schaukelnd in Bewegung setzte. Für einen Augenblick konnte ich nicht anders, als ihr wie mesmerisiert nachzuschauen. De Vrient hatte die Abfahrt in der Tat verpasst, oder, genauer gesagt, wegen unserer Anwesenheit nicht gewagt.

Ich sah mich nach Goethe um, der allem Anscheine nach bereits damit begonnen hatte, das Gelände abzusuchen. Soeben sah ich ihn, das Gebäude des Stellmachers betreten. Wieder einmal verfluchte ich Goethes Leichtfertigkeit. Was, wenn De Vrient dort bereits im Hinterhalt lauerte? Mit der Hand am Degen lief ich ihm nach, aber ehe ich das Tor erreichte, tauchte Goethe bereits wieder auf.

»Hier ist er nicht!«

Gemeinsam machten wir uns auf den Weg zu den Stallungen. Vorsichtig öffnete Goethe das Tor, und wir schlichen mit gezogenen Degen hinein. Der Stall war recht dunkel, nur durch einige weit oben in den Wänden gelegene Öffnungen fiel etwas Licht herein. Wir blieben stehen, bis wir uns an die Dunkelheit gewöhnt hatten. In dem Stall befanden sich vier Pferde, aber sonst schien niemand hier zu seyn. Doch dann ergriff Goethe plötzlich meinen Arm.

»Hören Sie?«

Ich lauschte angestrengt. Und dann hörte ich es auch. Es klang wie ein Stöhnen, welches aus weiter Ferne zu kommen schien.

Eine Weile standen wir still und lauschten. Dann wies Goethe auf einen Strohhaufen in der Ecke.

»Dort«, flüsterte er fast unhörbar.

Mit angehaltenem Atem schlichen wir näher. Jeden Moment konnte De Vrient hinter dem Strohhaufen hervorstürzen. Ich bemerkte, dass ich meinen Degengriff derart fest umklammerte, dass meine Hand schmerzte. Dann vernahmen wir erneut das Stöhnen. Noch drei Schritte mehr und wir hatten den Strohhaufen erreicht.

»Hier!« Goethe winkte mich atemlos heran. Unter dem Stroh ragte ein nackter Fuß heraus. Goethe versetzte ihm mit dem Degen einen Streich.

»Raus da, Halunke!«

Der Fuß rührte sich nicht. Goethe und ich sahen uns an. Vorsichtig begann ich das Stroh zur Seite zu räumen, während Goethe mit dem Degen dabeistand – bereit, jederzeit zuzustoßen.

Schließlich hatte ich genug Stroh beiseite geworfen, so dass wir sehen konnten, wen wir vor uns hatten. Auf der Erde lag ein Mann, den wir noch nie zuvor gesehen hatten. Er trug nur seine Leibwäsche und blutete aus einer Wunde am Kopf. Er atmete schwer und schien dem Tode näher als dem Leben. Ich gab ihm einige leichte Schläge auf die Wange, und endlich schlug er die Augen auf.

Er brachte kaum ein klares Wort hervor, aber nach einer Weile hatten wir verstanden. Der Mann war der Kutscher. Er hatte die Pferde gewechselt und just, als er das letzte Pferd von der Kutsche zum Stall geführt hatte und mit einem frischen zurück zur Kutsche gehen wollte, hatte er einen furchtbaren Schmerz in seinem Kopf gespürt und sey ohnmächtig geworden. Als er wieder erwachte, hatte er ohne Kleider und Stiefel im Stroh gelegen.

Wütend hieb Goethe mit dem Degen in den Strohhaufen. Wieder hatte uns De Vrient getäuscht und war uns als falscher Kutscher entkommen.

»Der Ballon!«, rief ich.

»Sie haben Recht. Fangen Sie an, ihn vorzubereiten,

ich bringe den Kutscher in die Schankstube, auf dass man sich um ihn kümmere.«

Gemeinsam halfen wir dem Kutscher auf die Beine, und, auf Goethe gestützt, wankte er langsam davon. Sogleich machte ich mich auf den Weg zu dem Wäldchen, wo unser Ballon noch liegen musste. Bald hatte ich es erreicht und fand auch unser Luftgefährt unversehrt vor. Mochte es in der Zwischenzeit auch gründlich bestaunt worden seyn, angerührt hatte man es allem Anschein nach nicht. Ich begann, die Hülle auf dem Boden auszubreiten, und war bereits beinahe damit fertig, als ich hinter mir Schritte hörte. Da ich annahm, dass es sich hierbei nur um Goethe handeln konnte, fuhr ich mit meiner Arbeit fort, ohne mich umzudrehen. Das jedoch erwies sich als Fehler.

»Heda!«

Das war nicht Goethes Stimme. Erschrocken fuhr ich herum. In einigen Metern Entfernung stand der Schankwirt und richtete eine Flinte auf meine Brust. Argwöhnisch sah er mich an.

»Wer seid Ihr, und was wollt Ihr hier?«

»Ihr wisst, wer wir sind. Ich bin Dr. Ritter und mein Freund heißt Miller.«

»Lüge! Warum die Heimlichkeiten mit diesem Ballon? Ich kenne Euch Brüder. Eure Gesichter habe ich schon irgendwo gesehen, und ich wette, es war auf 'nem Steckbrief.«

»Bester Mann, wir sind ehrbare Reisende, die ungestört von Schaulustigen seyn wollen.«

Der Wirt dachte einen Moment nach, ohne mich jedoch aus den Augen zu lassen. »Ihr seid ausländische Spione, möchte ich wetten. Ich werde Euch der Obrigkeit übergeben. Mitkommen!«

»Also gut«, rief ich eilig, »ich werde Euch die Wahrheit sagen.« Mein Widersacher sah noch argwöhnischer drein als zuvor, unternahm aber nichts, um mich am Weitersprechen zu hindern. Ich atmete tief durch und räusperte mich.

»Nun denn: Mein Name ist Friedrich Schiller. Und mein Begleiter ist kein anderer als der Geheimrat von Goethe.«

»Nie gehört.«

»Guter Mann, wir sind sehr berühmt.«

»Berühmt, als was?«

»Nun, als Dichter.«

»Gut, dann sagt ein Gedicht!«

»Nichts leichter als dies, ich habe viele Gedichte verfasst. Was wollt Ihr hören, eines über …?«

»Kein bereits fertiges. Das könntet Ihr ja irgendwo gelesen haben.«

»Kein bereits fertiges?«

»Dichtet gefälligst etwas Neues.«

»Etwas Neues? Seid Ihr von Sinnen, guter Mann? Das geht nicht so schnell.«

»Ich wusst' es doch, Ihr seid kein Dichter.«

»Und ob ich das bin.«

»Dann dichtet mir jetzt stante pede ein Gedicht!«

»Worüber denn, guter Mann? Ich weiß ja nicht einmal worüber.«

»Etwas über mich.«

»Über Euch?«

»Ja, dichtet etwas über Diederich, den Schankwirt«, rief er, »oder sterbt«, fügte er ernst hinzu und spannte den Hahn seiner Flinte.

Für einen Augenblick ergriff mich panischer Schrecken, während in meinem Geiste eine geradezu diabolische Leere herrschte. Unter Aufbietung all meiner Willenskraft gelang es mir schließlich, meine Nerven zu zügeln und aus dem Stehgreife ein kleines Gedicht zu ersinnen. Zu meiner Schande lautete es so:

Die Wirtschaft

Zu Diederich, dem Schankwirt schritt
Johann, mit durstiger Kehle
»Wein her, bey meiner Seele!«
Und er soff, bis an Kopfweh er litt.

Wahrlich kein Poem, auf welches man stolz seyn könnte, obgleich ich einräumen muss, dass ich das Versmaß nicht übel finde. Gleichwohl ist der Inhalt entsetzlich roh und vulgär. Aber ich hoffe, dass man in Anbetracht der unglücklichen Umstände Nachsicht walten lässt. Dieses um so mehr, als die letzte Zeile - welche besonders ungelungen ist - im Wesentlichen davon inspiriert wurde, was sich just vor meinen Augen abspielte. Hinter dem Rücken des Wirtes nämlich - welchem, wie ich nicht unerwähnt lassen möchte, mein Gedicht allem Anschein nach allergrößte Bewunderung abnötigte - sah ich Goethe, mit einem gewaltigen Ast bewaffnet, heranschleichen, um diesen bereits im nächsten Augenblicke mit gehöriger Wucht auf den Schädel des armen Teufels niedergehen zu lassen, woraufhin dieser wie ein Sack Mehl zu Boden plumpste und sich nicht mehr rührte.

»Sie haben ihn umgebracht!«, rief ich voller Entsetzen, aber Goethe winkte nur milde ab.

»Nicht doch, so ein wohlgesetztes Hiebchen tötet niemanden. Im Gegenteil, das weckt die Lebensgeister, ich wäre keineswegs überrascht, wenn es ihm bey seinem Erwachen sogar besser geht als zuvor.«

Ich kniete mich neben den Wirt und untersuchte seinen Kopf. Er blutete nicht und seine Atmung war vollkommen natürlich.

»Gleichwohl, wir müssen ihn in die Schankstube bringen, damit man sich um ihn kümmern kann.«

»Werter Freund, wie stellen Sie sich das vor? Ich kann doch nicht jede fünf Minuten mit einem Verletzten in der Schankstube auftauchen. Wie sähe das denn aus?«

Ich musste einräumen, dass er nicht Unrecht hatte, und so lehnten wir den Wirt gegen einen Baum und banden ihn mit einem Stricke aus dem Ballonkorb dort fest. Dann gingen wir daran, die Ballonhülle erneut mit heißer Luft zu befüllen. Das erwies sich als schwieriger, als wir gedacht hatten. Fast eine geschlag'ne Stunde verbrachten wir mit dem fruchtlosen Versuche, die Hülle mit unseren Händen über die Feuerapparatur zu halten. Da auf diese Weise fast überhaupt keine Öffnung entstand, gab es auch keine Luft, welche sich hätte erwärmen lassen.

Schließlich hatte Goethe genug von dem störrischen Objekt. Er lehnte sich beleidigt an einen Baum und beschränkte sich darauf, mir bey meinem erfolglosen Treiben zuzusehen. Mir war das nicht mal Unrecht, denn vier Hände, die nicht wissen, was sie tun, sind noch schädlicher als nur deren zwei. Aber auch zwei Hände, die nicht wissen, was sie tun, sind ausreichend, um für ein erhebliches Maß an Verdruss zu sorgen. Ich hatte Rock und Halsbinde abgelegt und mühte mich wie im Fieber weiterhin ab, wobey ich in immer kürzeren Abständen derbe Gotteslästerlichkeiten ausstieß.

»Ich frage mich, wozu dieser Lappen da dient«, hörte ich Goethe mit einem Male nachdenklich sagen.

Natürlich hatte ich mich das auch schon gefragt. Es handelte sich um eine drei Ellen lange Verlängerung der Ballonöffnung, welche jedoch nur auf der einen Seite angebracht war. Bisher war sie immer nur auf das Ärgerlichste im Wege gewesen.

»Wenn der Ballon auf der Seite läge, könnte man ihn über die Flamme halten, und die heiße Luft könnte nach und nach in die Hülle strömen.«

Das war die Lösung. Wir taten, wie von Goethe vorgeschlagen, und in der Tat, der Ballon begann sich mehr und mehr zu füllen. Nach ungefähr zwei Stunden hatte er seine volle Größe erreicht. Der Wirt war inzwischen erwacht und beschimpfte uns ohne Unterlass auf das Unflätigste. Offenkundig hatte Goethe Recht: Der Schlag auf den Kopf hatte seine Kräfte nur gesteigert.

Nachdem ich seine Flinte in den Korb des Ballons gelegt hatte, lockerte ich seine Fesseln gerade so weit, dass er sich mit einiger Mühe bald daraus befreit haben würde, und stieg zu Goethe in den Korb. Goethe nahm wieder seine bewährte liegende Haltung auf dem Boden des Korbes ein, und bald schwebten wir erneut hoch in den Lüften.

Siebenundvierzigstes Kapitel

Wieder folgte ich dem Verlauf der Straße und nach etwa drei und einer halben Stunde vermeinte ich, De Vrients Kutsche in der Ferne zu erspähen. Goethe lugte vorsichtig über den Rand des Korbes und sah sich um.

»Der Hügel da! Können Sie da herumfliegen und dort unten landen?«

Ich sah in die von Goethe angezeigte Richtung und verstand sogleich, was er meinte. Wir würden von dem Hügel verdeckt De Vrient unbemerkt überholen, hinter der Kurve, welche um den Hügel herumführte, auf der Straße landen und der Kutsche so das Passieren unmöglich machen. Ich maneuvrierte den Ballon so nah wie möglich an die anvisierte Stelle heran – inzwischen war ich darin nicht wenig geübt – und wäre auch daselbst vorbildlich gelandet, wenn nicht eine tückische Windböe den Ballon im allerletzten Augenblicke noch einige Meter weiter getrieben hätte, so dass wir nicht wie geplant hinter der Kurve landeten, sondern davor.

De Vrients Kutsche, welche noch etwa 500 Fuß entfernt war, kam fast augenblicklich zum Stehen. Zunächst geschah nichts. De Vrient, der hochaufgerichtet auf seinem Kutschbock saß, starrte nicht ohne Verwunderung zu uns herüber, und wir starrten zurück. Fast eine halbe Minute verging so. Dann sprang De Vrient von der Kutsche und schritt in unsere Richtung. Hatte er etwa vor, aufzugeben? Seine entschlossene Haltung ließ das Gegenteil vermuten. Ich bemerkte, wie Goethe neben mir fast unmerklich zusammenzuckte.

Nach drei oder vier Schritten jedoch blieb De Vrient stehen, zog einen Dolch aus seinem Rocke, zertrennte mit einigen geschickten Schnitten das Geschirr eines der Pferde, und eh wir es uns versahen, hatte er sich auf dasselbe geschwungen und ritt querfeldein davon. Nach wenigen Augenblicken war er nur noch ein kleiner Punkt in der Ferne.

»Schnell! Hinterher!«, rief Goethe voll des gerechten Zornes, jedoch mit mangelhafter Sachkenntnis bezüglich des Ballonfliegens.

Um so geschwind als möglich wieder in die Luft zu kommen, warf ich jeden verfügbaren Ballast aus dem Korbe, und in der Tat erhob sich der Ballon alsbald wieder in die Luft. Eine glücklicher Wind blies uns in die rechte Richtung, und nicht lange darauf erblickten wir De Vrient ein Stück voraus. Er galoppierte einen schmalen Pfad entlang, welcher zur linken von einem langen Waldstück und zur rechten von einem See begrenzt wurde. Mir war klar, dass De Vrient, sobald er uns entdeckte, in den Wald reiten würde, woraufhin wir ihn endgültig verloren haben würden. Goethe musste denselben Gedanken gehabt haben, denn wie der Blitz hatte er zu der Flinte des Wirtes gegriffen und legte auf De Vrient an.

Ich hatte Goethe schon einige Male auf Festen mit der Armbrust schießen sehen und wusste daher, dass er ein vortrefflicher Schütze war. Goethe zielte mit äußerster Genauigkeit, und ich frohlockte, dass De Vrients Schicksal in der nächsten Sekunde besiegelt seyn würde. Unglücklicherweise flog in diesem Moment ein verirrter Rabe so dicht an Goethes Gesicht vorbey, dass dieser zurückzuckte, wobey sich in der Bewegung aus der Flinte ein Schuss löste und die Ballonhülle unten und oben durchschlug.

Mit Entsetzen mussten Goethe und ich zusehen, wie sich augenblicklich ein Riss bildete, welcher mit jeder Sekunde länger und länger wurde. Wir verloren schnell an Höhe, und ich suchte nach letztem Ballast, welchen ich hätte hinauswerfen können, jedoch außer der unglückseligen Flinte gab es nichts mehr. In spiralförmiger Manier trudelten wir wie auf einer Wendeltreppe aus Luft tiefer und tiefer und landeten schließlich inmitten des Sees. Das eiskalte Wasser begann augenblicklich durch alle Ritzen des Korbes zu dringen, und wir kletterten, so schnell es uns möglich war, aus demselben, bevor er auch noch von der jeden Moment gänzlich entleerten Ballonhülle bedeckt seyn würde, und wateten, bis zur Brust im Wasser, in Richtung des Ufers.

De Vrient hatte sein Pferd angehalten und blickte zu uns herüber. Sein Gesicht konnte ich auf Grund der großen Entfernung nicht erkennen, jedoch bin ich fast sicher, dass er lachte. Er winkte uns noch einmal zu und galoppierte in den Wald. Gleich darauf war er verschwunden.

Achtundvierzigstes Kapitel

Fünf Tage später erhielten wir einen Brief. Wir hatten uns zu Fuß nach Nürnberg durchgeschlagen, welches wir spät in der Nacht erreichten und daselbst zu Tode erschöpft die erstbeste Herberge genommen, die wir finden konnten. Kaum noch bey Sinnen, sanken wir auf unsere Lager. Wir waren am Ende unserer Kräfte angelangt. Körperlich und - was viel schwerer wog - auch seelisch. De Vrient war uns ein letztes Mal entwischt und wir ohne Hoffnung, ihn jemals wieder aufzuspüren.

Am nächsten Morgen erwachte ich mit hohem Fieber, welches sich im Laufe des Tages noch verschlimmerte. Goethe ließ unverzüglich nach einem Arzte schicken. Dieser erschien auch alsbald, aber all seine Bemühungen blieben ohne Erfolg. Am Abend lag ich bereits im Delirium, und drei Tage und Nächte wand ich mich in Fieberkrämpfen, so dass man um mein Leben fürchtete. Doch am Morgen des vierten Tages war das Fieber ebenso plötzlich verschwunden, wie es gekommen war.

Ich bemerkte, dass Goethe in diesen Tagen gewaltig abgenommen hatte und nun fast schon mager wirkte. Er schob es auf die Anstrengungen unseres Abenteuers, aber die Frau des Wirts berichtete mir heimlich, dass Goethe in der ganzen Zeit nicht von meinem Krankenlager gewichen war und kaum etwas gegessen hatte. Mit meiner Lebenskraft war auch meine Jagdlust zurückgekehrt und wie wohl es aussichtslos schien, wurden wir im Laufe des Tages bey sämtlichen Juwelieren Nürnbergs vorstellig.

Goethe hatte äußerst acurate Zeichnungen sowohl von De Vrient als auch dem Ringe angefertigt, welche wir überall vorlegten, doch niemand konnte uns helfen. Damit waren wir am Ende unserer Weisheit angelangt. Wir mussten uns eingestehen, dass De Vrient gesiegt hatte und entschieden schweren Herzens, dass wir am folgenden Morgen die Heimreise antreten würden. Dann jedoch kam der Brief. Wir saßen soeben in einer Schenke am Fuße der Nürnberger Burg, als ein halbwüchsiger Junge an unseren Tisch trat, sich artig verbeugte und einen gefalteten, aber nicht gesiegelten Brief vor uns auf den Tisch legte. Er verbeugte sich abermals, und im nächsten Moment war er im Menschengewühl verschwunden.

Zu unserer nicht geringen Überraschung war die Botschaft von De Vrient verfasst. Ihr Inhalt lautete:

»Werthe Herren, wenn Ihnen daran gelegen seyn sollte, mit mir ein Gespräch zu führen, welches - wie ich annehme - von beiderseitigem Interesse wäre, so finden Sie sich morgen um Mitternacht auf der Holzbrücke ein, welche bey St. Lorenz über die Pegnitz führt. - D.«

Goethe kratzte sich am Kinn.

»Wie denken Sie darüber?«

»Es kommt mir recht seltsam vor. Was mag er damit bezwecken? Will er sich unser Stillschweigen erkaufen?«

»Der Brief soll dies wohl andeuten, aber ich denke, darum kann es kaum gehen. Viel eher will er seine Verfolger endgültig aus dem Wege räumen.«

»Er muss doch wissen, dass wir das ahnen.«

»Selbstverständlich weiß er das. Er weiß aber auch, dass wir die letzte Möglichkeit, an ihn heranzukommen, unbedingt nutzen werden.«

»Zweifellos hat er bereits einen raffinierten Plan erdacht, wie er uns töten und unbemerkt verschwinden kann.«

»Zweifellos. Aber mein Plan ist besser.«

»Sie haben einen Plan?«

»Noch nicht.«

Goethe nippte nachdenklich an seinem Weinglase.

»Aber bald.«

Neunundvierzigstes Kapitel

Wir blieben noch eine Weile in der Schenke sitzen. Goethe bestellte ein zweites Mal einen der riesigen Klöße, für die Nürnberg so berühmt ist – sein Appetit war anscheinend mehr als vollständig wieder hergestellt –, und in der Tat, noch bevor sein Teller leer war, hatte er entschieden, was zu tun war. »Wir werden morgen pünktlich zu dem Treffen erscheinen. Allerdings nicht allein. Wir werden zuvor dafür sorgen, dass sich überall um uns herum versteckt Polizeymänner bereithalten, welche im rechten Moment herbei eilen und De Vrient arrestieren.«

Ich muss gestehen, dass ich ein wenig enttäuscht war. Als Goethe von einem Plan gesprochen hatte, waren vor meinem geistigen Auge höchst komplizierte Vorgänge aufgetaucht, welche wie ein raffiniert konstruiertes Uhrwerk präzise abliefen, um so unfehlbar zum gewünschten Ergebnis zu führen, aber einfach die Polizey mitzunehmen würde freilich wohl auch hinreichend seyn.

Nachdem wir unser Mahl beendet hatten, beschlossen wir, vor dem Zubettgehen bereits heute schon den Ort des morgigen Treffens in Augenschein zu nehmen, um so besser darauf vorbereitet zu seyn. Wir fragten einige Einheimische nach dem Wege und erreichten bald den in dem Briefe bezeichneten Ort. Eine schmale Holzbrücke für Fußgänger, welche insofern ungewöhnlich war, dass sie ein Dach hatte. Sie führte auf eine kleine Insel, die inmitten der Pegnitz lag. Ich wies auf ein kleines Schild, welches am Aufgang der Brücke angebracht war: »Henkersteg«.

Goethe schnaubte verächtlich. »Was für ein Schmierenkomödiant!«

Fünfzigstes Kapitel

Fast den halben Tag lang waren wir mit Vorbereitungen auf das Treffen beschäftigt gewesen. Schon früh am Morgen hatten wir uns zur Stadtkommandantur begeben, doch der Wachtmeister, welchen wir dort vorfanden, war ein braver, aber tumber Geselle und hatte seine liebe Mühe, unseren Darlegungen zu folgen. Uns hingegen bereitete es nicht minder Mühe, wiederum ihn zu verstehen, denn er sprach auf das Fürchterlichste in seiner fränkischen Mundart. Als er schließlich alles glücklich verstanden hatte, eröffnete er uns, dass es nicht in seiner Befugnis stünde, uns zu helfen. Er müsse die Sache seinem Kommandanten vortragen. Nicht eben erfreut, mussten wir uns erneut in Geduld fassen, während der Mann in das angrenzende Bureau verschwand, um seinem Vorgesetzten unseren Fall vorzulegen.

Nach weit über einer Stunde – so wollte es mir jedenfalls erscheinen – kam jener mit dem Kommandanten zurück. Dieser war die Freundlichkeit selbst und erklärte uns, vor Diensteifrigkeit bebend, dass seine gesamte Wache zu Befehl stünde. Unsere Erleichterung hierüber wurde jedoch sogleich wieder getrübt, als wir erfuhren, dass die gesamte Wache abgesehen von ihm selbst und dem Wachtmeister, welchen wir bereits kannten, nur noch aus einem weiteren Manne bestand. Goethe und ich sahen ihn finster an, aber das nützte auch nichts. Es war nun einmal, wie es war, und musste genügen.

Goethes Plan sah vor, dass die Wachtmeister sich zu beiden Seiten der Bücke in einiger Entfernung einzeln postieren würden. Und zwar dergestalt, dass sie selbst für jemanden, der nach ihnen Ausschau hielte, gänzlich unsichtbar seyn würden. Wir selbst würden in der Mitte der Brücke unsere Position einnehmen. Sobald De Vrient erschiene und wir für sicher erkannt hätten, dass er es wirklich sey, würde ich vermittels einer Pfeiffe, welche mir der Kommandant ausgehändigt hatte, ein bestimmtes Signal geben, und man würde von allen Seiten – oder zumindest von drei Seiten – hervorstürzen und De Vrient in Verhaft nehmen.

Ein äußerst einfacher Plan, aber oft im Leben ist das Einfachste auch das Beste. In dieser Nacht – so sollte sich bald herausstellen – jedoch nicht.

Einundfünfzigstes Kapitel

Es war kalt, und zähe Nebelschwaden hingen über dem Flusse, als wir einige Minuten vor Mitternacht die Brücke erreichten. Unsere geheimen Verbündeten hatten bereits einige Stunden zuvor ihre Posten bezogen. So hofften wir zumindest, denn zu sehen war von ihnen nicht der kleinste Schatten, was uns gleichermaßen beruhigte, wie auch beunruhigte. Ich war froh zu wissen, dass Goethe für alle Fälle eine kleine Pistole eingesteckt hatte.

Wie verlangt, betraten wir die Brücke und gingen, bis wir die Mitte erreicht hatten. Wir versuchten, uns umzusehen, jedoch der Nebel, welcher sich mehr und mehr ausbreitete, war fast überall und nahezu undurchdringlich. Aus keinem Fenster der Häuser, welche zu beiden Seiten das Ufer säumten, schien ein Licht, und der Mond hatte sich hinter einer grauen Wolke verborgen. Selbst Goethe, welcher so dicht neben mir stand, dass ich seinen Atem hören konnte, vermochte ich nur als dunklen Umriss zu erkennen. Wir warteten.

In der Ferne hörten wir eine Turmuhr zur zwölften Stunde schlagen. Bald darauf vernahmen wir Schritte. Ich spürte, wie Goethe sich straffte. Wir lauschten. Die Schritte schienen näher zu kommen, entfernten sich wieder, kamen erneut näher und verschwanden dann gänzlich. Goethe atmete heftig aus. Ich wusste nicht, ob aus Erleichterung oder Verärgerung.

Die Minuten zogen sich in die Länge und nichts geschah. Hatte De Vrient uns beobachtet und unseren Plan durchschaut, oder hatte er niemals vorgehabt, uns zu treffen, und uns durch seinen Brief dazu gebracht, einen weiteren Tag in Nürnberg zu bleiben, wohingegen er schon längst abgereist und auf immer verschwunden war? Mit klammen Fingern nestelte ich meine Repetieruhr aus der Weste und öffnete sie, jedoch war es zu dunkel, um das Ziffernblatt zu erkennen. Ich war jedoch einigermaßen sicher, dass bereits mindestens drei Viertelstunden vergangen seyn mussten. Verdrossen klappte ich den Deckel wieder zu.

»Er kommt nicht. Wir wollen gehen, es hat keinen Sinn, noch länger zu warten.«

»Warten Sie.« Ich konnte erkennen, dass sich Goethe weit über das Geländer der Brücke gelehnt hatte und auf eine Stelle im Fluss starrte. »Dort ist doch etwas.«

»Wo?« Ich lehnte mich ebenfalls vor und versuchte, mit meinen Blicken die dunklen Nebel zu durchdringen.

»Hören Sie das?«, flüsterte Goethe.

Ich lauschte in die Stille. Und dann hörte ich es auch. Das Knarren von Holz und ein regelmäßiges Plätschern. Es konnte keinen Zweifel geben. Jemand in einem Boot kam den Fluss herauf und direkt auf uns zugerudert. Unwillkürlich tastete ich nach der Pfeiffe in meiner Rocktasche. Noch immer war nichts zu erkennen, aber in diesem Momente zog die Wolke, welche den Mond bisher verdeckt hatte, vorbey, und wir konnten in den Nebelschwaden unseren nächtlichen Besuch erblicken. Es war ein kleiner Nachen und in ihm saß ein schmächtiges Männchen, das wohl an die sechzig Jahre zählen mochte.

»De Vrient - in einer weiteren Verkleidung«, schoss es mir durch den Kopf, aber schon im nächsten Moment wurde mir klar, dass dies nicht der Fall seyn konnte. Selbst wenn dieser Mann eine perfekte Maske trug, er war ohne Zweifel sehr viel kleiner als De Vrient. Ich war nicht sicher, ob ich den Mann anrufen sollte, Goethe sagte ebenfalls nichts, und so warteten wir nur, was geschehen würde.

Das Boot war nur noch zehn oder zwölf Fuß von der Brücke entfernt, als der Mann ein letztes Mal die Ruder ins Wasser senkte und das Boot langsam zum Stehen brachte, so dass es nun mit dem vorderen Drittel unter der Brücke verschwand. Einige Momente verrannen, und noch immer sprach niemand ein Wort. Dann drang ein dünnes Krächzen zu uns herauf:

»Seid Ihr Goethe?«

Goethe bestätigte dies und fügte hinzu, dass er in Begleitung von Hofrat Schiller sey.

»Dann steigt ein.«

»Wozu?«

»Damit Ihr meinen Auftraggeber sprechen könnt.«

Ich spürte, wie Goethe zögerte. Wenn der Mann mit uns in dem Boot fortfuhr, wären wir auf uns selbst gestellt. Das Ufer war an beiden Seiten von Mauern und Häusern gesäumt, so dass eine Verfolgung unmöglich war. Es war völlig klar, dass Goethes Plan gescheitert war, bevor er überhaupt richtig begonnen hatte. Jetzt konnten wir nur noch versuchen, das Beste aus den obwaltenden Umständen zu machen. Das Einzige, was mir in dem Momente einfiel, war, den Mann zum Anlegen zu bringen, ihn festzunehmen und ihn so lange zu verhören, bis er den Aufenthaltsort De Vrients preisgab. Goethe hatte wohl ähnlich gedacht:

»Gut, komm er ans Ufer. Dann steigen wir ein.«

»Nein! Ihr klettert ins Boot herunter.«

»Wart' er!« Ich versuchte, Zeit zu gewinnen, bis uns ein besserer Plan einfiel.

»Einverstanden«, rief Goethe.

»Wir haben keine andere Wahl«, wisperte er mir hastig zu und stieg bereits über die Brüstung. Von einem Balken, welcher unterhalb der Brücke hervorragte, ließ sich Goethe vorsichtig in die schaukelnde Nussschale herab, und ich beeilte mich, es ihm nachzutun. Der kleine Mann sah uns ausdruckslos dabei zu. Seine einzige Sorge schien zu seyn, dass das Boot bey unserer Kletterei nicht kenterte.

Kaum hatten wir Platz gefunden, begann der Mann, wieder zu rudern. Er wendete geschickt das Boot und fuhr in die Richtung, aus welcher er erschienen war. Unauffällig hielt ich Ausschau nach unseren Männern, aber es war niemand zu sehen.

»Was soll das Ganze?«, fuhr Goethe den Mann aufgebracht an.

»Mein Auftraggeber hat mir verboten anzulegen. Ich hatte Befehl, Euch von der Brücke steigen zu lassen oder ohne Euch fortzufahren.«

»Wohin fahren wir?«, fragte ich.

»Greift in meine linke Rocktasche«, antwortete er, ohne das Rudern zu unterbrechen. Ich stutzte, aber tat, wie mir geheißen. Ich fand ein Stück Papier und zog es hervor.

»Sagt Ihr es mir, wohin wir fahren«, krächzte unser seltsamer Bootslenker.

Ich entfaltete das Papier und studierte es gemeinsam mit Goethe, welcher sich verwundert zu mir herüberbeugte. Dort stand geschrieben:

»Du musst verstehen: 1 + 1 + 1 + 4 + 6 + 9 = ?«

»Dies ist das erste Haus!« Der Alte wies auf ein großes Gebäude zu unserer Linken. »Fangt an mitzuzählen, mein Herr.«

»Wie weit?«

»So weit, wie es in dem Briefe steht. Das wird das Haus seyn, zu welchem ich Euch bringen soll.«

Im Geiste begann ich, die Häuser zu zählen, während ich gleichzeitig mit Goethe den Brief ein zweites Mal las.

»1 + 1 + 1 + 4 + 6 + 9. Es muss das 22te Haus seyn«, rief ich.

Goethe schüttelte unwirsch den Kopf. »Nein, so einfach kann es nicht seyn. De Vrient wollte nicht, dass dieser Mann weiß, wohin er uns zu bringen hat. Er nahm aber an, dass wir seine Botschaft sogleich verstehen würden.«

Ich musste Goethe Recht geben. Erneut las ich den Brief.

»Du musst verstehen – das ist doch aus ...«

»Meinem Faust«, ergänzte Goethe. »So beginnt das Hexeneinmaleins. Folglich sind die Zahlen, welche hier stehen, nicht diejenigen, welche eigentlich gemeint sind.«

»Dann müssen wir sie nur entsprechend austauschen und haben die Richtigen.«

»Ganz Recht«, murmelte Goethe. »Tun Sie das. Meine Augen können in dieser Dunkelheit kaum ein Wort erkennen.«

Erneut hielt ich mir den Brief vor's Gesicht.

»Du musst verstehen ...«

»Aus eins mach zehn«, soufflierte mir Goethe.

» Aus eins mach zehn. Hier steht dreimal eine Eins. Das bedeutet also, drei mal zehn gleich dreißig«, rief ich erfreut.

»Richtig. Weiter.«

»Aus eins mach zehn«, wiederholte ich, merkte aber, dass mir die nächste Zeile entfallen war. »Wie geht es weiter? Mir will es eben nicht den Sinn kommen.«

Goethe sah mich mit einem merkwürdigen Blick an.

»Sie haben es vergessen?«

»Leider ja«, musste ich gestehen.

Goethe wirkte noch unglücklicher als ich. »Ich ebenfalls.«

»Aber das ...«

»Vergessen Sie nicht, die Häuser zu zählen«, ermahnte mich Goethe.

Ich hatte es in der Tat einen Augenblick vergessen, holte es aber sogleich nach. »Dies ist das vierzehnte Haus.«

Goethe atmete schwer aus. »Aus eins mach zehn. Die Zwei …? Moment, was reimt sich auf zehn?«

Geschwind bot ich alle Möglichkeiten auf: »Den, Feen, geh'n, Seen …«

»Geh'n. Natürlich!«, rief Goethe erleichtert. »Die Zwei lass geh'n«

»Was hat das zu bedeuten?«

»Ich wusste es selbst nicht so genau, aber es reimt sich auf zehn. Außerdem kommt hier keine Zwei vor. Weiter! Die Drei …«

»Mach gleich«, ergänzte ich. »Auch das versteh ich nicht.«

»Ich habe es in voller Absicht ein wenig im Unklaren belassen, damit nicht überschlaue Gesellen …«, bey diesen Worten fasste er mich scharf ins Auge »… die ganze Magie zerstören.«

Ich nickte.

»Und außerdem kommt auch keine Drei vor.«

»Aber eine Vier.«

»Richtig, also weiter: Die Drei mach gleich. So bist du reich. Auch das hat keine Bedeutung im eigentlichen Sinne«, knurrte Goethe, ehe ich etwas fragen konnte. »Es klingt interessant und außer reich reimt sich auf gleich nur weich. Da ist reich doch wirklich besser.«

»Und bleich«, ergänzte ich vorsichtig.

Goethe stutzte einen Moment. »Richtig. Bleich wäre allerdings noch spukhafter gewesen.«

Ich spürte, wie er sich ärgerte. »Haus einundzwanzig«, sagte ich laut.

Goethe konzentrierte sich wieder. »Die Vier verlier. Also einfach streichen.«

»Also sind wir immer noch bey dreißig«, ergänzte ich.

»Welche Zahlen stehen da noch?«

»Sechs und Neun.«

Goethe dachte einen Moment angestrengt nach: »Aus Fünf und Sechs, so sagt die Hex, mach Sieben und Acht, so ist's vollbracht.«

»Sechs gleich Acht. Also achtunddreißig«, rechnete ich halblaut mit.

»Und Neun ist eins, und zehn ist keins, das ist das Hexeneinmaleins«, beendete Goethe seine Verse mit einer Feierlichkeit, als würde er Applaus erwarten.

»Neun ist Eins. Also achtunddreißig plus eins. Es ist das 39ste. Haus.«

»Und beim wievielten sind wir?«

»Beim 31sten.«

Ich räusperte mich. »Was ist eigentlich der Sinn des Hexeneinmaleins?«

»Das verrat' ich nicht!«, schnaubte Goethe.

»Das Einzige, was mir eingefallen ist, dass es ein magisches Quadrat seyn könnte.«

»Nehmen Sie an, was Sie wollen.«

»Man schreibt die Zahlen von eins bis neun in drei Reihen untereinander und ersetzt sie, wie angegeben. Das ergibt dann in allen Reihen fünfzehn.«

»Na also, was wollen Sie dann noch?«

»In einer Querreihe allerdings nicht. Ist das Absicht?«

»Was weiß ich denn?«, entfuhr es Goethe wütend. »Dieser Mathematikquark hat mich noch nie interessiert. Wenn Sie wollen, dass überall fünfzehn rauskommt, schreiben Sie gefälligst Ihren eigenen Faust!«

Schweigend passierten wir zwei weitere Häuser.

»In meinen Dramen kommen keine Hexen vor«, erwiderte ich dann, ohne genau zu wissen, warum.

»Dann sollten Sie in diesen Dingen besser stille schweigen«, verkündete Goethe majestätisch, und wieder einmal fragte ich mich, wie mein Freund es doch stets einzurichten wusste, dass er es war, der am Ende jedes Disputes als der Sieger dastand, wiewohl er doch derjenige von uns beiden war, welcher kein fehlerfreies magisches Quadrat zu fertigen vermochte.

In diesem Moment hörte der kleine Mann auf zu rudern und steuerte einen kleinen Landungssteg an, welcher kaum mehr als drei Fuß im Quadrat groß seyn mochte und der vor der Hinterthüre eines großen Gebäudes lag, das direkt am Wasser stand. Geschickt legte er längsseits des Steges an.

»Neununddreißig«, sagte er nur und sah uns an. »Bitte sehr.«

Zweiundfünfzigstes Kapitel

Während Goethe noch aus dem schwankenden Boot kletterte, öffnete ich bereits die Thüre. Offensichtlich war sie seit Jahren nicht bewegt worden, denn sie quietschte durchdringend und ließ sich nur einen Spalt weit öffnen. Gerade weit genug, damit ein Mann sich hindurchzwängen konnte, wenn er nicht allzu beleibt war. Vorsichtig steckte ich meinen Kopf in den Spalt und spähte hinein. Ich blickte in einen langen dunklen Gang, dessen Ende nicht zu erkennen war. Goethe trat an meine Seite und tat es mir gleich. Der Alte hatte inzwischen abgelegt und ruderte den Fluss weiter hinab. Einige Augenblicke sahen wir ihm nach.

Dann betraten wir den Gang. Ein paar Fuß vor uns auf dem Boden erblickten wir eine leuchtende Laterne, welche offenbar jemand – zweifellos De Vrient selbst – für uns bereit gestellt hatte. Ich hob sie auf, und langsam schritten wir vorwärts. Der Gang war von ungeheurer Länge und bog wieder und wieder unvermittelt in eine andere Richtung ab. Immer wieder stießen wir auf zugemauerte Thüren, und gleich mehrere Male änderte sich die Beschaffenheit von Boden und Wänden. Wozu dieser Gang angelegt worden war, konnte ich nicht mit Sicherheit sagen. Ich hielt es jedoch für möglich, dass es sich hierbei um die Überreste eines geheimen Gangsystems aus dem Dreißigjährigen Krieg handeln mochte. Der Gang endete an einer engen gemauerten Wendeltreppe, welche hoch nach oben führte. Ich wollte soeben den ersten Schritt tun, als mich Goethe zurückhielt.

»Warten Sie«, sagte er und zog die Pistole hervor.

Dann machten wir uns daran, hinaufzusteigen. Die Treppe war länger als gedacht - mindestens vierzig Fuß hoch oder sogar noch mehr. An ihrem oberen Ende gelangten wir an eine weitere Thüre, dieses Mal jedoch aus Holz. Ich sah Goethe an. Er nickte mir zu. Langsam legte ich meine Hand auf die Klinke und drückte sie behutsam hinunter. Die Thüre ließ sich leicht und ohne Geräusch öffnen. Wir traten ein.

Dreiundfünfzigstes Kapitel

Ich begriff nicht sogleich, wo wir uns befanden. Ein kleines Zimmer, ausgelegt mit dickem Teppich und gerade so groß, dass fünf Armstühle darin Platz fanden, welche alle in dieselbe Richtung gewandt waren. Dann verstand ich: eine Theaterloge. Ich leuchtete umher, und wir entdeckten, dass die Thüre, durch welche wir eingetreten waren, kunstfertig in eine Säule an der Wand eingelassen und auf den ersten Blick nicht zu entdecken war. In der Rückwand der Loge befand sich eine weitere, jedoch gewöhnliche Thüre. Dies musste die Fürstenloge seyn, und der Weg, welchen wir gekommen waren, ein Geheimgang, durch welchen hochgestellte Personen im Notfall schnell entfliehen oder bey Bedarf auch ungesehen erscheinen konnten. Ich hielt die Laterne über die Brüstung. Der Zuschauerraum wurde als graue Ahnung sichtbar, die Bühne lag im Dunklen. Jedoch hinter der Leinwand, welche die Kulissendekoration vorstellte und die Bühne von der Hinterbühne trennte, vermeinte ich einen schwachen Lichtschein zu erblicken.

Ich streckte meinen Arm aus und hielt mit dem anderen die Laterne hinter meinen Rücken.

»Sehen Sie dort«, flüsterte ich.

Goethe blickte angestrengt in die angegebene Richtung und nickte. »Weiter.« Er öffnete die offizielle Thüre der Loge, und wir betraten den Logengang. Langsam, stets auf etwaige Geräusche horchend, stiegen wir die ebenfalls mit dickem Teppiche ausgelegte Treppe hinunter und gelangten schließlich über das Foyer in den Zuschauerraum. Leise näherten wir uns der Bühne. Wie wir nun direkt vor ihr standen, konnte ich auch erkennen, was die Bühnendekoration darstellte. Eine kraftvolle Darstellung des tosenden Meeres. Unwillkürlich begann ich darüber nachzusinnen, zu welchem Stücke sie wohl gehören mochte. Aber außer Shakespeares *Sturm* wollte mir kein passendes Stück einfallen.

Wir erklommen die Bühne, welche im Übrigen leer war, umrundeten die rückwärtige Bühnendekoration und befanden uns nun auf der Hinterbühne, in deren Mitten auf einem Stuhle eine weitere leuchtende Laterne stand. Ansonsten vermochten wir außer weiteren da und dort umher stehenden Stühlen und einigen an eine Wand gelehnten Speeren, welche zweifellos zu dem am Abend gespielten Stücke gehört hatten, nichts Außergewöhnliches zu entdecken. Doch genau genommen standen nicht alle Speere an der Wand. Einer von ihnen lag weit entfernt von den übrigen auf dem Holzboden und zwar dergestalt, dass seine Spitze auf die einzige Thüre zeigte, welche von der Hinterbühne hinfort führte.

Goethe hatte es auch gesehen, war im Nu an die Thüre gesprungen und hatte sie aufgestoßen. Wir betraten eine Art Vorraum, in welchem sich vier weitere Thüren befanden. Drei davon aus Holz und verschlossen, die vierte jedoch aus Metall und weit offen. Auf dem Boden lag ein weiterer Speer, welcher in Richtung der geöffneten Thüre wies. Dahinter begann ein enger, stark abschüssiger Gang, gerade hoch genug, damit wir darin aufrecht stehen konnten. So schnell es uns möglich war, gingen wir mit geneigtem Haupte voran. Mehrfach passierten wir weitere Eisenthüren, welche ebenfalls weit offen standen, und mehrere Male mussten wir eine Reihe von Stufen hinabsteigen. Je weiter wir voranschritten, desto kälter wurde es, und desto modriger wurde der Geruch, der uns in die Nase stieg. Augenscheinlich befanden wir uns tief unter der Erde.

Der Gang war stark verwinkelt und immer wieder

stießen wir auf zugemauerte Abzweigungen. Unser Weg schien kein Ende zu nehmen, doch schließlich, als wir um eine weitere Kurve bogen, standen wir mit einem Male vor einem Gewölbe, das ich auf sechzig Fuß im Quadrat schätzte, welches aber noch bedeutend größer wirkte, da in den Wänden allüberall weitere, wesentlich kleinere Gewölbe eingelassen waren. Es war dort ebenso finster wie in dem Gang, welcher zu ihm führte. Nur im hinteren Teil hing eine schwach glimmende Laterne von der Decke. Sie beleuchtete einen kleinen Tisch auf dem – das vermeinte ich sicher zu erkennen – eine Pistole lag und einen Stuhl mit vergoldeten Beinen, welcher zweifellos aus dem Zuschauerraum entfernt worden war, und schließlich den Mann, der auf dem Stuhle saß: De Vrient.

Vierundfünfzigstes Kapitel

Willkommen, meine Herren!«

De Vrients Stimme hallte von Decke und Wänden zurück und schien von überall zugleich zu kommen. Sie war laut und klar, und schlagartig wurde mir bewusst, dass er nicht nur als Professor Kranigk eine Rolle gespielt hatte, sondern auch als Secretarius Bühler, die letztere sogar über mehrere Jahre, und dass er nun zum ersten Male mit seiner eigenen Stimme zu uns sprach.

Ich weiß nicht warum, aber obgleich es so aussah, dass De Vrient allein war, spürte ich plötzlich eine bange Beklemmung, welche mir das Atmen schwer machte. Goethe mochte es ähnlich zumute seyn. Sein Antlitz war bleich und angespannt und auf seiner Stirn glänzten trotz der Kälte, welche hier unten herrschte, Schweißperlen. De Vrients Gelassenheit versetzte uns in nervöse Unruhe. Wollte er sich einfach so von uns überwältigen lassen? Das war schwerlich vorstellbar. Aber warum saß er dann einfach nur da? Wir traten fünf oder sechs Schritte auf De Vrient zu.

»Keinen Schritt weiter!« De Vrients Theaterstimme hallte donnernd von der Gewölbedecke auf uns nieder. Unwillkürlich gehorchten wir. Goethe fasste sich zuerst.

»Was soll der ganze theatralische Humbug?«

»Humbug?«

Ich vermochte nicht recht zu entscheiden, ob De Vrient belustigt oder verärgert klang.

»Humbug?«, fragte er noch einmal, nun jedoch mit unüberhörbarer Ironie. »Ich bin Schauspieler. Was haben Sie erwartet? Sie sind ebenfalls beide Männer des Theaters. Ich hatte fest darauf vertraut, dass zumindest Sie Gefallen daran finden würden. Sollte dem nicht so seyn, würde mich das nicht wenig kränken.«

»Genug!« Goethes Stimme donnerte nicht weniger eindrucksvoll durch das Gewölbe.

Erneut schickten wir uns an, auf De Vrient zuzugehen, aber wieder vermochte er uns zum Stehenbleiben zu bringen, was unter normalen Umständen unmöglich gewesen wäre, aber mir in dieser unwirklichen Situation vollkommen natürlich erschien.

»Warten Sie!« Er sah lauernd zu uns herüber. »Verlangt es Sie denn nicht zu erfahren, weshalb ich Sie hierher geführt habe?«

Goethe sah De Vrient kalt an. »Nun?«

De Vrient brachte sich in etwas bequemere Position, wobey ich scharf drauf achtete, ob er Anstalten machte, die Pistole vor sich auf dem Tische zu ergreifen, aber das schien ihm gar nicht in den Sinn zu kommen. Er dachte einen Moment nach, dann begann er zu sprechen, nun mit etwas leiserer Stimme.

»Mir ist nur allzu bewusst, dass Sie nicht nur einen großen Teil meiner Geheimnisse kennen, sondern, was weit schwerer wiegt, niemals aufhören werden, mich zu jagen. Es liegt daher auf der Hand, dass ich dies beenden muss. Natürlich ist mir ebenfalls bewusst, dass Sie beide hochberühmte und allseits geschätzte Männer sind, deren gewaltsamer Tod für allgemeine Empörung sorgen und immer weitere Untersuchungen nach sich ziehen würde, was, wie Sie zweifellos verstehen, nicht in meinem Sinne seyn kann. Etwas gänzlich anderes wäre es hingegen, wenn Sie beide von heute auf morgen spurlos von der Erdoberfläche verschwinden und niemals wieder gesehen würden. Das könnte viele Gründe haben. Wie wäre es zum Beispiel mit einer plötzlichen Reise nach Italien, ohne jemandem Bescheid zu geben? Wie überaus rücksichtslos von Ihnen.« De Vrient schüttelte in gespielter Empörung den Kopf.

Goethe wollte offenbar etwas sagen, unterließ es dann jedoch.

»Und genau dies«, De Vrients Stimme wurde sogar noch etwas leiser, zweifellos wegen des dramatischen Effektes, »wird geschehen, oder sollte ich sagen, geschieht in diesem Moment. Das Gewölbe, in welchem wir uns befinden, ist uralt und vergessen. Die Thüren sind seit Jahren nicht geöffnet worden. Kaum jemand weiß von diesen Gängen, ich selbst habe sie, als ich vor vielen Jahren hier gastiert habe, mehr oder minder zufällig entdeckt. Wenn ich Sie hier unten eingesperrt habe, wird niemand Sie je finden. Vielleicht in einigen Jahren oder Jahrzehnten und dann wird man ihre Skelette für Überreste aus dem Kriege halten.« Ein mildes Lächeln umspielte De Vrients Lippen.

»Nun, wie gefällt Ihnen mein Plan?«

»Gar nicht.« Goethe hob die Pistole und zielte auf De Vrients Kopf. »Erheben Sie sich langsam und kommen Sie zu uns herüber.«

De Vrient bedachte erst Goethe und dann mich mit einem Blicke, welchen ich nicht zu deuten vermochte, der mir aber einen Schauer über den Rücken jagte, und dann streckte er langsam die Hand nach der Pistole auf dem Tische aus.

»Nicht weiter!« Goethes Stimme war kalt und schneidend wie eine Damaszenerklinge.

De Vrient ergriff vollkommen ruhig die Waffe. Er spannte den Hahn und war eben im Begriff, dieselbe auf Goethe zu richten, als Goethe abdrückte und im nächsten Moment hallte sein Schuss wie eine ungeheure Explosion durch das Gewölbe. Augenblicklich vermeinte ich ein hohes Pfeiffen in meinen Ohren zu hören, aber ich beachtete es nicht, denn ich glaubte kaum, meinen Augen zu trauen. An der Stelle, wo De Vrient gesessen hatte, standen jetzt nur noch die zerstörten Reste eines großen Spiegels. Offenbar hatte sich De Vrient nie dort befunden, wo wir ihn vermutet hatten, sondern irgendwo anders im Raume.

In der nächsten Sekunde bemerkte ich einige Meter hinter mir eine Bewegung und sah eben noch, wie De Vrient aus einem der zahlreichen kleinen Gewölbe, welches sich direkt neben der Thüre befand, hervorstürzte. Im Nu hatte er sie erreicht und zugeschlagen. Ich war ihm nachgesetzt, und hätte ich die Thüre auch nur eine halbe Sekunde später erreicht, es wäre um mich und Goethe geschehen gewesen. So jedoch vermochte ich mich in allerletzter Sekunde dagegen zu werfen, bevor es De Vrient gelungen war, dieselbe zuzuriegeln.

Die Thüre schwang weit auf und ein höllischer Schmerz durchfuhr meine Schulter. Ich selbst stürzte nieder, wobey mir meine Laterne aus der Hand glitt, auf den steinernen Boden fiel und von mir fort rollte. Glücklicherweise, ohne zu verlöschen. De Vrient war durch den Aufprall ebenfalls zu Boden geschleudert worden. Sein hasserfüllter Blick ließ mich für einen Augenblick meine Schmerzen vergessen. Dann sah ich fast genau in der Mitte zwischen uns seine Pistole auf dem Boden liegen.

De Vrient bemerkte sie ebenfalls. Ich sah in seinen

Augen, dass er sie ergreifen wollte. Behände sprang er auf und war eben im Begriffe, sein Vorhaben auszuführen, als ich von hinten Schritte näher kommen hörte. Goethe. De Vrient erstarrte inmitten seiner Bewegung. Dann ergriff er meine Laterne, machte auf dem Absatz kehrt und rannte davon. Schlagartig kam mir zu Bewusstsein, dass die Gefahr für uns keineswegs gebannt war. Wenn es De Vrient gelänge, die nächste Thüre vor uns zu erreichen und diese zu verriegeln, würde sein Plan, uns hier für immer einzusperren, immer noch erfolgreich zum Abschluss kommen.

Bereits im nächsten Augenblick war De Vrient hinter der ersten Kurve entschwunden, und im selben Moment wurde es fast vollständig dunkel um uns herum. Ohne auch nur einen Atemzug zu zögern, rannte ich ihm hinterher. Nur zwei Sekunden später hatte ich die Kurve erreicht, und nun konnte ich wieder genug sehen, um De Vrient zu erkennen, welcher bereits ein beträchtliches Stück Vorsprung gewonnen hatte. Die Laterne schleuderte in seiner Hand heftig hin und her und warf wilde Schatten auf die Wände. Ich folgte ihm, so schnell es mir möglich war. Was würde geschehen, wenn ich ihn einholte? Würde ich ihn alleine überwältigen können? Auf Goethe konnte ich nicht mehr rechnen. Wir hatten ihn im Dunklen zurückgelassen, und er würde lange brauchen, bis er sich an der Wand entlang zum Ausgang vorgetastet haben würde.

Ich spürte, dass ich nicht mehr lange so weiterlaufen konnte. Ein heftiges Stechen in der Seite setzte mir zu, und meine Lunge fühlte sich trocken an und schmerzte. Besonders auf den steilen Treppen nach oben war es mir unmöglich, meinen schnellen Schritt bey zu behalten. Aber De Vrient schien es nicht besser zu ergehen. Mit verzerrter Fratze drehte er sich eines um das andere Mal zu mir um, um zu sehen, wie nahe ich ihm bereits gekommen war. Schließlich erreichte er das Ende des Ganges, und ich – unter Aufbietung meiner letzten Kräfte – kaum einen Augenblick später, so dass es ihm erneut nicht gelingen wollte, die Thüre zu verriegeln.

Mit einem grässlichen Fluche schleuderte De Vrient seine Laterne auf mich. Ich vermochte eben noch, mich zur Seite zu werfen und so dem feurigen Geschoss auszuweichen. De Vrient hatte bereits die Thüre passiert, welche zur Hinterbühne führte, und warf sie hinter sich zu. Ich sprang auf, zog meinen Degen und jagte hinterher. Im Nu war ich hindurch gestürzt. Das Erste, was meinen Blick anzog, war die Laterne, welche immer noch auf dem Stuhle stand und einen Teil der Hinterbühne erleuchtete.

Doch bereits in der nächsten Sekunde stürzte plötzlich etwas aus der Dunkelheit auf mich zu und stieß mit einer Lanze nach mir. De Vrient verfehlte mich nur um Daumesbreite, wobey er ein Loch in die Thüre hinter mir bohrte. Sofort riss De Vrient die Lanze zurück und griff mich erneut an. Wieder und wieder stieß er nach mir, mein Degen war so gut wie nutzlos. Mir blieb nur, so geschickt als möglich auszuweichen und mich nicht in eine Ecke treiben zu lassen.

Denn dies – das bemerkte ich bald mit Schrecken – war offensichtlich De Vrients Absicht. Wie leicht war De Vrient doch in meinem Traume zu besiegen gewesen, jedoch dies war kein Traum.

De Vrient schien mir überaus geschickt mit der Lanze umzugehen. Oder war er mir einfach durch die Art seiner Waffe so überlegen? Ich wusste, dass ich nicht lange mehr würde ausweichen können. Wie ein rasender Dämon des Todes stieß er auf mich ein. Bereits zweimal hatte er meinen Rock gestreift und aufgeschlitzt, und nur wie durch ein Wunder war ich selbst unverletzt geblieben. Jedoch De Vrient musste nur ein einziger Stoß gelingen, während ich – wollte ich am Leben bleiben – jedem seiner Angriffe entgehen musste.

De Vrients Antlitz war von Anstrengung verzerrt und glänzte vor Schweiß, seine Stöße gegen mich jedoch wurden nicht schwächer, sondern schienen an Heftigkeit nur immer noch zuzunehmen. In letzter Verzweiflung warf ich meinen Degen wie einen Speer gegen De Vrient, doch unglücklicherweise streifte der Degengriff die Lanze, wodurch sich die Klinge drehte und De Vrient nun der Länge nach am Kopfe traf. Sie hinterließ ein rotes Wundmal auf seiner Stirn, zeigte aber ansonsten nicht die geringste Wirkung.

De Vrient hielt einen Moment inne und sah mir triumphierend in die Augen. Wir wussten beide, dass ich verloren hatte. Ich konnte zu keiner der Seiten schnell genug ausweichen, und ohne den Degen war mir meine letzte Möglichkeit zur Abwehr genommen.

De Vrient schien seinen Sieg auskosten zu wollen. Er wechselte seinen Griff um die Lanze, um dann mit einer gewaltigen Bewegung weit auszuholen. Ich schloss die Augen und erwartete den fürchterlichen Stoß, der mein Ende seyn würde. Jedoch – er kam nicht.

Angstvoll öffnete ich die Augen und sah De Vrient, wie er regungslos auf die Thüre hinter mir starrte. Ich riss meinen Kopf herum. Dort stand Goethe. Bleich, so stark keuchend, dass er nicht sprechen konnte, aber in der Hand De Vrients Pistole, mit welcher er auf jenen zielte.

De Vrient starrte Goethe mit hasserfüllten Augen an. Noch immer hielt er die Lanze hocherhoben, zum Stoße bereit.

Es mochten nur drei oder vier Sekunden so vergangen seyn, aber mir kamen sie vor wie ein ganzes Zeitalter. Dann – urplötzlich – ließ De Vrient die Lanze sinken und vor sich auf den Boden fallen. Im nächsten Moment wurde mir schwarz vor Augen, und aus meinen Beinen wich alle Kraft. Hätte ich mich nicht an einem vom Schnürboden hängenden Vorhang festhalten können, wäre ich zu Boden gesunken.

Ich hörte Goethe die Bühne betreten und näher kommen. Langsam kehrte das Leben wieder in mich zurück. Goethe warf mir einen sorgenvollen Blick zu.

»Mir ist nichts geschehen«, versicherte ich.

Eine Bewegung von De Vrient ließ Goethe diesen erneut ins Visier nehmen. Aber De Vrient war nur auf einen Stuhl gesunken und starrte trübsinnig vor sich hin. Ein gebrochener Mann. Noch nie hatte ich ein solches Bild des Jammers gesehen. Oder doch? Plötzlich erinnerte ich mich einer Theatervorstellung von Romeo und Julia, welcher ich in meiner Kindheit einmal beigewohnt hatte. Genau so hatte der alte Capulet dagesessen, als er vom Tode des jungen Liebespaares hörte. Es war ein erschütterndes Bild gewesen, welches in meinem kindlichen Gemüte einen unauslöschlichen Eindruck hinterlassen hatte.

Und mit einem Male gedachte ich auch wieder meiner nicht greifbaren Ahnung, welche ich bey meinem Theaterbesuch mit Goethe gehabt hatte. Beim Anblick Richards III. hatte ein Teil meines Geistes erkannt, dass es sich auch bey Professor Kranigk und Secretarius Bühler um Rollen handelte, verkörpert von einem Meister seines Metiers. »Diese Einsicht kommt zu spät«, dachte ich nicht ohne Ingrimm und betrachtete forschend De Vrient. War auch dies wieder gespielt? – Falls ja, war es auf das Kunstfertigste ausgeführt.

Ich hob meinen Degen vom Boden auf und behielt ihn in der Hand. Zu misstrauisch war ich inzwischen gegenüber De Vrient, und ich wäre keineswegs überrascht gewesen, wenn dieser aus heiterem Himmel eine weitere plötzliche Wendung der Geschehnisse herbeiführen würde. Zu meiner Genugtuung sah ich, dass Goethe De Vrient ebenfalls mit höchstem Argwohn betrachtete und unausgesetzt mit der Pistole auf ihn zielte.

Plötzlich hob De Vrient mit einem Ruck den Kopf, so dass ich vor Schrecken zusammenfuhr, und sah erst Goethe und dann mir fest in die Augen.

»Das Schauspiel ist vorbey. Ich gebe mich besiegt. Sie mögen nun alles erfahren.«

War dies De Vrients Versuch, seinen ruchlosen Taten einen würdigen Abschluss zu verleihen? Womöglich das Begehren, einen letzten Applaus dafür zu erheischen? Ich fühlte mich zutiefst abgestoßen von dieser cynischen Eitelkeit. Goethe jedoch schien begierig darauf, De Vrients Geschichte zu lauschen, und nickte diesem beinahe freundschaftlich zu.

De Vrient schien einige Augenblicke nachzusinnen, wie er beginnen solle, wobey er mit flackernden Augen in die Flamme der Laterne starrte.

Dann begann er mit leiser Stimme zu sprechen:

Fünfundfünfzigstes Kapitel

Meine Vorfahren stammen aus den Niederlanden und waren, soweit es sich zurückverfolgen lässt, immer ehrbare Kaufleute gewesen. Auch mein Vater, welcher noch vor meiner Geburt mit meiner Mutter und meiner damals schon geborenen Schwester nach Nürnberg übersiedelte, weil er sich dort geschäftliche Erfolge erwartete, die seine bisherigen, welche auch keineswegs zur Klage Anlass gegeben hatten, noch bey weitem übertreffen würden. Eine Erwartung, welche sich als hellsichtig erweisen sollte. Auch mir war eine solche Laufbahn vorbestimmt, und zweifellos hätte ich sie auch ergriffen, wenn mein Vater mich nicht eines Tages mit ins Theater genommen hätte. Ich weiß nicht mehr, welches Stück gegeben wurde, möglicherweise eines von Molière, ich war auch zu jung, um seinem Inhalt folgen zu können, ich weiß nur, dass ich von diesem Tage gänzlich der Magie des Theaters verfallen war. Fort an stand für mich fest, dass ich nichts anderes als Schauspieler werden wollte. Ein Vorhaben, welchem meine Eltern zunächst mit Verboten, und als diese nichts nützten, mit Argumenten und schließlich mit Drohungen entgegen zu wirken suchten. Eines Tages jedoch ging mein Vater zu weit. Er beschimpfte nicht nur mich, sondern zog auch die mir heilige Welt des Theaters in den Schmutz. Ich war zutiefst aufgebracht und verletzt. Ein Wort gab das andere, und es endete damit, dass mein Vater mir die Thüre wies. Ich sollte nicht eher wieder sein Haus betreten, bis ich zur Einsicht gelangt sey.«

De Vrient hielt inne. Sein Antlitz hatte einen schmerzlichen Ausdruck angenommen. Dann fuhr er fort.

»Dies war das letzte Mal, dass ich ihn und den Rest meiner Familie gesehen habe.«

Erneut unterbrach sich De Vrient, offenbar, um zu überlegen, wie er fortfahren sollte.

»Die darauf folgenden Jahre waren die glücklichsten meines Lebens. Ich erlernte das Schauspielhandwerk und spielte zunächst an kleineren Theatern kleine Rollen. Ich gefiel, und bald bekam ich größere Rollen an größeren Theatern. Ich spielte alle großen Figuren, welche man sich als Schauspieler nur wünschen kann.

Hamlet, Othello, Shylock, Prospero, Harpagon, Truffaldino … und auch den Karl Moor.«

De Vrient lächelte mich mit einem beinahe scheuen Blick an.

Ich verzog keine Miene. »Franz hätte besser gepasst«, dachte ich bey mir, entschlossen, auch fürderhin keinerlei Sympathie für den üblen Schurken zu empfinden. Ich sah zu Goethe hinüber, welcher einen Fuß auf einen Stuhl gestellt hatte und, den Arm auf das Bein gestützt, offenbar auf das höchste begierig war, De Vrients Ausführungen weiter zu lauschen, während seine Pistole achtlos irgendwohin in den Raum wies. Ein Umstand, welcher mir nicht wenig missfiel. Ich warf Goethe einen bedeutungsvollen Blick zu, aber er bemerkte ihn nicht oder wollte ihn nicht bemerken. De Vrient räusperte sich und fuhr fort:

»Man sagte mir eine große Zukunft voraus. Eines Abends jedoch sollte mein glückliches Schauspielerleben ein abruptes Ende finden. Es war bey einer Vorstellung von …« De Vrient zögerte. »… Macbeth!« Seine Stimme klang jetzt heiser. »Das schottische Stück! Ich hatte immer gespottet über jene abergläubischen Schafsköpfe, welche dieses Stück für verflucht halten und es nicht einmal wagen, seinen Namen auszusprechen. Gewiss – ich hatte von den Unglücksfällen gehört, welche so oft bey dessen Aufführung geschehen waren … von den Theaterbränden … aber niemals hätte ich geglaubt, dass …«

De Vrients Blick glitt für einige Sekunden ins Leere, bevor er fortfuhr.

»Sey es, wie es sey. An jenem Abend – wir waren soeben dabei, den letzten Akt zu spielen – die Fechtszene zwischen meinem Gegner Macduff und mir als Macbeth – eine Szene, welche wir überaus eindrucksvoll zu gestalten wussten – ich sprach gerade die Verse:

So leicht magst du die unteilbare Luft
Mit scharfem Schwert durchhaun, als mich verletzen.
Auf Schädel, die verwundbar, schwing' den Stahl;
Mein Leben ist gefeit, kann nicht erliegen …

als mir plötzlich – ich weiß bis heute nicht, wie es geschehen konnte –, mein Schwert entglitt und mit teuflischer Wucht in die Proszeniumsloge fuhr, welche sich hinter mir befand. In dieser jedoch saß der halbwüchsige Sohn eines adeligen Herren.

Die Klinge bohrte sich in seinen Hals und noch ehe irgendjemand begreifen konnte, was geschehen war, hatte der junge Bursche sein Leben ausgehaucht. So offenkundig es auch seyn mochte, dass es ein tragischer Unglücksfall gewesen war, sein Vater verfügte meine augenblickliche Arrestierung, und in dem folgenden Gerichtsprozess wurde ich zum Tode verurteilt. Nicht wenige Männer von Rang und Namen sprachen gegen diese Ungerechtigkeit und verwendeten sich für mich, auf dass zumindest das Todesurteil in Kerkerhaft umgewandelt würde. Doch der Vater des Jungen war nicht zu erweichen, und so sah ich mein Ende unerbittlich näher rücken. Zwei Tage vor dem für meine Hinrichtung festgesetzten Termin jedoch eröffnete mir der stellvertretende Polizeykommandant, die Möglichkeit zur Flucht. Zunächst war ich glücklich, dem Tode entronnen zu seyn. Doch was nun? Mit der Schauspielerei, welche mir alles bedeutete, war es vorbey. Die Welt des Theaters ist klein, jeder kennt einen jeden, es war nur zu klar, dass ich hierzulande nie wieder an einem Theater würde arbeiten können. Für ein Engagement in einem fremden Land hingegen konnte ich keine andere Sprache gut genug. Auch wusste ich, dass man nach mir suchen würde. So beschloss ich, das zu tun, was ich am besten beherrschte: mich für einen anderen auszugeben. Nun jedoch nicht mehr auf dem Theater, sondern im wahren Leben. Ich veränderte mein Aussehen und verließ die Stadt. Eine Weile zog ich umher, versuchte dies und jenes, bis es mich schließlich nach Erfurt verschlug, wo es mir gelang, die vacante Position des Universitäts-Secretarius einzunehmen, indem ich behauptete, Latein und Griechisch studiert zu haben, und überdies in Verkleidung eines Professors aus Göttingen für mich selber bürgte. Eine Weile empfand ich nur Erleichterung, dem Tode entronnen zu seyn und ein kärgliches, aber zumindest hinreichendes Auskommen gefunden zu haben. Mit der Zeit jedoch begannen sich in mir auch andere Empfindungen zu regen: Trauer über meinen zerstörten Lebenstraum. Und ein täglich zunehmender Hass gegen jenen Adeligen, welcher dafür verantwortlich war. Sie mögen es schon erraten haben, es handelte sich bey diesem um niemand anderen als den Großherzog von N.«

»Das liegt auf der Hand«, entgegnete ich ungnädig, während ich einen discreten Blick zu Goethe hinüberwarf, um festzustellen, ob dieser ebenso überrascht war wie ich. »Weiter!«

»Schließlich wurde mir klar, dass ich niemals zur Ruhe kommen würde, bevor das mir zugefügte Unrecht nicht gerächt worden sey. Eines Tages - ich war nach Weimar gereist, um eine Vorstellung im Hoftheater zu sehen - erblickte ich in der Fürstenloge den Großherzog. Wie vom Donner gerührt, starrte ich ihn an. Dann wandte ich mich schnell ab, damit er mich nicht ebenfalls erblickte. In den darauf folgenden Tagen zog ich unauffällig Erkundigungen ein und fand heraus, dass der Großherzog für einige Wochen mit seiner Familie auf Schloss Belvedere logieren würde. Es war auch das erste Mal, dass ich von jenem Smaragdringe hörte, der so unermesslich wertvoll seyn sollte. Bald darauf hatte ich einen Plan ersonnen, welcher sowohl meinen Rachengelüsten genügen, als mir auch einen zumindest materiellen Ausgleich für die Zerstörung meines Lebenstraums verschaffen sollte. Auch fand ich es mehr als angemessen, dass das Ende des Großherzogs von großer Theatralik seyn würde.«

De Vrient hielt erneut inne und warf einen müden Blick zu Goethe.

»Nun, das meiste Andere wissen sie bereits. Da ich erfahren hatte, dass der Großherzog überaus abergläubisch war, schrieb ich ihm in Gestalt des Professors Kranigk einen Brief, in welchem ich ihn vor einem angeblichen Fluch des Ringes warnte. Ich stellte mir vor, wie er sich ängstigte, und berauschte mich bey dem Gedanken daran. Eine Weile wartete ich so ab, während ich die Mär von dem Fluche zusätzlich in den Schänken der Stadt verbreitete, wo man sie nur zu bereitwillig anhörte und weitertrug. Auch freundete ich mich in Verkleidung mit einem Diener des Großherzogs an und horchte ihn über die örtlichen Umstände und täglichen Abläufe im Schlosse aus. Dieser Diener war es auch, welcher mir schließlich – ohne es zu wissen – an jenem bewussten Abend Zutritt verschaffte. Ich versteckte mich in einer Wäschekammer und wartete, bis alle im Schlosse zu Bett gegangen waren. Dann schlich ich in das Schlafgemach des Großherzogs. Ich hatte geplant, ihn im Schlafe zu überwältigen, ihn zu binden und knebeln und ihm alsdann zu offenbaren, wer ich sey. Ich wollte ihn zwingen, den Ring herauszugeben, und ihn dann töten. Seinen Tod wollte ich so schaurig und rätselhaft wirken lassen, dass niemand ihn sich erklären können und so alle Welt an den Fluch glauben würde und somit auch keinerlei Neigung bestünde, nach dem Ringe zu suchen. Stellen Sie sich jedoch meine Überraschung vor, als ich in das Zimmer trat und den Großherzog tot am Boden liegen fand.«

De Vrient schwieg und sah zu uns hinüber. Ich glaubte, ein tückisches Funkeln in seinen Augen zu erhaschen.

Eine Welle des Zorns durchfuhr mich. Ich wollte etwas ausrufen, jedoch in meiner Fassungslosigkeit brachte ich nur ein »Was zur Hölle …?« hervor. Auch

Goethe war aufgefahren. Jedoch anders als ich hatte er Triumph in der Stimme.

»Sagt' ich's nicht? Wir übersehen etwas. Das fehlende Element!«

Er sah mich so freudig an, dass er mir für einen Moment unheimlich ward. Ich war nicht gewillt, De Vrient diese dreiste Lüge durchgehen zu lassen, und war eben im Begriffe, ihm dies ins Gesicht zu schleudern, als Goethe mich mit einer Geste, welche keinen Widerspruch duldete, zum Innehalten brachte. »Fahren Sie fort«, bat er De Vrient alsdann mit sanfter Stimme.

De Vrient sah zu mir hinüber. Ein ironisches Lächeln lag auf seinen Lippen.

»Ich verstehe nichts von der Kunst der Mediziner, aber ich war einigermaßen überzeugt davon, dass der Großherzog erwürgt worden war. Ein Mordwerkzeug war zwar nirgendwo zu entdecken, jedoch sein Hals war blau angeschwollen. Ich überlegte, was nun zu tun wäre. Meine Rache war mir genommen, obwohl es mich mit einiger Genugtuung erfüllte, dass er ein so qualvolles Ende gefunden hatte. Auch zur Herausgabe des Ringes war er aus offensichtlichen Gründen nicht mehr zu zwingen. Jedoch hatte ich mehr Glück, als ich je zu hoffen gewagt hatte. Ich durchsuchte das Zimmer und in einem Sekretär fand ich eine Schatulle und in ihr den Ring. Ich steckte ihn zu mir, wohl wissend, dass mein Besitz vorerst nur vorübergehender Natur seyn würde. Nun kam es darauf an, den 2ten Teil meines Planes auszuführen – die Inszenierung eines fluchbeladenen Mysteriums. Von besagtem Diener wusste ich, dass ich in dem Gemach eine große Truhe vorfinden würde, und hatte mich dem entsprechend vorbereitet.«

Goethe warf mir einem atemlosen Blick zu, bevor er sich wieder De Vrient zuwandte, und auch ich muss gestehen, dass ich kaum erwarten konnte, zu hören, was nun folgen würde.

De Vrient ließ sich Zeit mit der Fortsetzung seiner Geschichte. Offensichtlich genoss er unsere auf's äußerste angespannten Mienen. Langsam lehnte er sich auf seinem Stuhle zurück und schloss die Augen.

»Eine von innen verschlossene Truhe, in welcher ein ermordeter Mann liegt.« De Vrient kicherte eine Weile vor sich hin.

»Los, Mann!«, fuhr ich ihn an, als es mir zu bunt wurde.

De Vrient sah mich ein wenig überrascht, jedoch keineswegs eingeschüchtert an. Aber immerhin bequemte er sich, seine Ausführungen fortzusetzen.

»Mittels einiger mitgebrachter Werkzeuge zerlegte ich die Truhe in ihre Bestandteile, wobey ich die zusammengeleimten Ecken behutsam vermittels einer Säge löste, und trug die einzelnen Teile in die Mitte des Raumes. Ich legte den Großherzog auf den Boden der Truhe und setzte diese wieder zusammen, wobey ich auch alles wieder kunstgerecht verleimte. Bevor ich die Rückwand einsetzte, steckte ich den Schlüssel von innen in das Schloss und verriegelte die Truhe, so dass sie von außen nun nicht mehr zu öffnen war. Ich wusste, dass der Leim bis zum Morgen vollständig fest geworden seyn würde. Um den Geruch des Leimes zu überdecken, verbrannte ich eine meiner Theaterperücken im Kamin.«

Kaum hatte de Vrient dies ausgesprochen, vermeinte ich wieder den eklen Geruch, welchen wir uns damals nicht hatten erklären können, in der Nase stechen zu fühlen. Fast verspürte ich die alte Übelkeit. Aber zugleich war ich verwirrt. Das Rätsel der verschlossenen Truhe war gelöst, aber sprach De Vrient auch die Wahrheit, was den Tod des Großherzogs anbelangte? Falls ja, standen wir vor einem neuerlichen Rätsel, welches kaum kleiner war als alle vorherigen.

De Vrients Stimme riss mich aus meinen Überlegungen. »In der Gestalt des Professor Kranigk kehrte ich zurück. Mir war daran gelegen, die Furcht der Familie vor dem angeblich verfluchten Ringe ins Unerträgliche zu steigern, damit sie seiner Zerstörung nicht nur zustimmten, sondern diese geradezu verlangten. Mittels einer raffinierten chemischen Rezeptur ließ ich den Sessel, auf welchem ich gesessen hatte, in Flammen aufgehen.« Erneut lag ein Triumph in seinen Zügen, welcher mir widerwärtig war.

»Kaliumpermanganat und Glycerin, wie es jeder Chemiker kennt«, unterbrach ich ihn und sah mit Freude, wie seine Gesichtszüge sich verdüsterten. »Und den Großherzog haben Sie mit Vitriol übergossen, um seine Verwesung zu beschleunigen.«

De Vrient starrte mich entgeistert an. »Seit wann wissen Sie das?«

»Lange schon!«

»Damals wussten wir es leider noch nicht«, warf Goethe ein. Offenkundig in der Absicht, De Vrient bey guter Laune zu halten.

»Und ihren albernen Zauberbecher zum Ringe verschwinden lassen, haben wir auch längst durchschaut!«, ergänzte ich mit einem wütenden Blick auf Goethe, welcher eine entschuldigende Geste zu De Vrient hin machte. Ich war auf das Äußerste empört und beschloss, hinfort gar nichts mehr zu sagen.

Immerhin schien De Vrient aus dem Konzept gebracht zu seyn und hatte offenkundig einige Mühe, den verlorenen Faden wieder aufzunehmen.

»Um die Furcht vor dem Fluche weiter zu verstärken, aber auch, um jeglichen Verdacht von mir abzulenken, bestellte ich den Prinzen mittels eines angeblich vom neuen Großherzoge verfassten Billets des Nachts in das Labyrinth. Ich folgte ihm in seinen eigenen Spuren, welche er im Schnee hinterließ, so dass es wie eine Einzige aussehen musste, betäubte ihn mit …«

»Äther«, murmelte ich gelangweilt vor mich hin.

De Vrient gab sich alle Mühe, es zu ignorieren. »Betäubte ihn mittels einer geheimen Chemikalie, fesselte ihn an Händen und Füßen und schlug so lange mit einer kleinen dreizackigen Hacke, wie sie sonst von Gärtnern verwendet wird, auf ihn ein, bis jegliches Leben aus ihm gewichen war.«

»Die wilden Hunde«, murmelte Goethe und warf mir einen nachdenklichen Blick zu.

»Dann entfernte ich die Fesseln und steckte ihm

den Ring auf den Finger, inniglich hoffend, dass nicht ein diebischer Hausangestellter den Prinzen als Erster finden und den Ring unrechtmäßig an sich nehmen möge. Doch ich hatte Glück. Noch in derselben Nacht fanden Sie beide den Prinzen. Der letzte Akt meines Planes, die angebliche Vernichtung des Ringes, konnte stattfinden, und ich reiste schließlich mit dem Ringe ab, ohne dass auch nur der Hauch eines Verdachtes auf mich gefallen war. Zunächst wähnte ich mich in Sicherheit, doch dann schrieben Sie«, er blickte auf Goethe, »einen Brief an Professor Jacobi, in welchem Sie sich nach Kranigk erkundigten. Glücklicherweise war er in meine Hände gelangt, und ich antwortete Ihnen, als sey ich der Rektor. Dann jedoch erschienen Sie plötzlich selbst in Erfurt. Erneut sah ich mich zum Handeln gezwungen, sollten nicht all meine Bemühungen vergeblich gewesen seyn. Ich sabotierte die Kutsche, in welcher Sie gekommen waren, in der Hoffnung, Sie würden durch einen Unfall ums Leben kommen. Offenkundig jedoch nicht gut genug. Ich war Ihnen in einigem Abstand gefolgt und hatte alles mit angesehen. Mit Bestürzung musste ich erkennen, dass Sie kaum verletzt waren.«

De Vrient blickte uns an, als erwarte er Trost für das Misslingen seines feigen Anschlages. Nicht zum ersten Male fragte ich mich, wie Goethe bey alledem so ruhig bleiben konnte: ich für meinen Teil bebte innerlich vor Wut. De Vrient fuhr ungerührt fort.

»Noch in derselben Nacht erschien ich in dem kleinen Häuschen, um Sie beide zu töten, aber wieder misslang es mir. Tags darauf suchten Sie die Universität auf, und dieses Mal trafen Sie auch den Rektor an. Ich verriegelte die Thüre und goss Branntwein unter ihr hindurch, welchen ich in Brand setzte …« De Vrient dachte einige Augenblicke nach. »Und mehr gibt es nicht zu sagen.«

Ich wartete einen Augenblick, ob Goethe das Wort ergreifen würde, aber er schwieg, anscheinend tief in Gedanken versunken.

»Vergessen Sie nicht Einiges?« Ich mühte mich, meine Stimme ruhig klingen zu lassen, jedoch es wollte mir nicht recht gelingen.

»Vergessen?« Der freche Schmierenkomödiant sah mich mit harmloser Miene an.

»Der Einbruch bey der Großherzogin. Der Anschlag auf mich. Was haben Sie damit bezweckt?«

De Vrient blinzelte mich verwirrt an. Er sah zu Goethe hinüber und dann wieder zu mir. »Wovon sprechen Sie?«

»Wollen Sie es leugnen?«, fuhr ich ihn in höllischer Wut an.

»Wozu sollte ich etwas leugnen? Habe ich nicht bereits genug gestanden, um mich dreimal aufhängen zu lassen?« Er schlug die Augen nieder und blickte dann erneut in die Flammen der Laterne.

So sehr mich De Vrient anekelte, was er sagte, war vernünftig. Warum noch etwas leugnen? Goethe riss mich aus meinen Gedanken. »Den Ring, bitte!«

De Vrient zuckte zusammen. Dann kicherte er wieder. »Ich hatte gehofft, Sie hätten ihn vergessen.«

Müde griff er in die Innentasche seines Rockes. Goethe trat einen Schritt auf De Vrient zu.

»Sie werden ohnehin keine Verwendung mehr für ihn haben«, sagte er, indem er die Hand ausstreckte.

Langsam zog De Vrient den Ring aus der Tasche. Mit einem wehmütigen Blick betrachtete er ihn, dann übergab er ihn Goethe. Der nahm den Ring entgegen und warf dabei auch einen kurzen Blick darauf, wie es wohl in einem solchen Augenblicke ganz natürlich ist.

De Vrient jedoch schien genau darauf gewartet zu haben. Mit unvermittelter Heftigkeit sprang er auf und versetzte Goethe mit dem Ellenbogen einen kräftigen Schlag vor die Brust, so dass dieser mit einem Ausruf des Schmerzes zu Boden fiel und die Pistole seiner Hand entglitt. Ich riss meinen Degen hoch und wollte soeben auf De Vrient losstürzen, als dieser, ehe ich mich's versah, die Pistole vom Boden griff und auf mich anlegte. Ich hielt inne und sah, wie De Vrient den Hahn spannte, sein Antlitz zu einer diabolischen Fratze verzogen. In diesem Augenblick jedoch schleuderte Goethe die Laterne, welche sich nach seinem Sturze nun direkt vor ihm befunden hatte, auf De Vrient, woraufhin dieser mit einem Fluche zur Seite sprang, nicht schnell genug, sein Vorhaben gegen mich noch auszuführen, jedoch schnell genug, um der Laterne auszuweichen, welche im nächsten Momente zu Boden fiel und verlosch. Augenblicklich war es stockdunkel um uns geworden. Niemand rührte sich. Einige Sekunden verstrichen. Dann hörte ich De Vrients Schritte sich schnell entfernen. Sofort setzte ich ihm nach. Langsam gewöhnten sich meine Augen an die Dunkelheit, zumal ich nun bemerkte, dass durch ein kleines Oberlicht Mondschein auf die Hinterbühne fiel.

Plötzlich sah ich De Vrient schattenhaft auf einer an der Wand befestigten Leiter hinaufsteigen. Ohne zu zögern, folgte ich ihm nach. Erst als ich schon einige Meter nach oben geklettert war, kam mir der Gedanke, dass es meinen sicheren Tod bedeuten würde, sollte es De Vrient in diesem Moment einfallen, auf mich zu schießen. Egal, wie er mich träfe, ich würde in die Tiefe stürzen und mir ohne jeden Zweifel den Hals brechen. Gleich darauf spürte ich, dass Goethe ebenfalls die Leiter hinaufkletterte. »Ein Grund mehr für De Vrient, jetzt zu schießen«, dachte ich. »Zwei Treffer mit einem Schusse.« Jedoch De Vrient schoss nicht. War er so stark von Panik ergriffen, oder hatte er bey Goethes Laternenwurf die Pistole womöglich sogar verloren?

De Vrient hatte das obere Ende der Leiter erreicht, und ich sah, wie er behände auf die Brücke sprang, welche über die Bühne führte und von dessen vorderer Seite der Theaterprospekt herabhing. Gleich darauf sprang ich ebenfalls auf die Brücke, und Goethe folgte bereits im Augenblick darauf. De Vrient wich zurück. Seine Augen glühten aus der Dunkelheit. »Keinen Schritt weiter!«, rief er mit sich überschlagender Stimme, und jäh erkannte ich, dass er seine Pistole keineswegs verloren hatte. Nervös ließ er ihre Mündung hin und her wandern. Mal auf Goethe zielend, mal auf mich.

»Er hat nur einen Schuss«, wisperte mir Goethe zu – eine Botschaft der Art, wie sie einen General entzückt, dessen Armee auf Grund ihrer zahlenmäßigen Überlegenheit zwar mit Verlusten zu rechnen hätte, jedoch am Ende unbedingt siegen wird – welche einen jedoch weit weniger entzückt, wenn man selbst als Soldat dieser Armee dient – zumal, wenn man als dieser in der vordersten Reihe zu stehen hätte, was unserer augenblicklichen Lage doch wesentlich acurater zu entsprechen schien.

»Den Ring! Geben Sie mir den Ring!«, schrie de Vrient.

Goethes Stimme war die Ruhe selbst. »Und dann? Sie haben nur einen Schuss. Wir hingegen haben beide Degen. Lassen Sie uns dieses Schauspiel mit Würde beenden.«

Die Idee, an De Vrients Mimenehre zu appellieren und seine Verbrechen zu einem Schauspiel umzuwidmen, war so geistreich, dass ich ihr selbst in dieser Situation Respekt zollen musste.

»Augenblicklich den Ring her!«, kreischte De Vrient wie von Sinnen.

»Hören Sie doch ...«, hub Goethe erneut an, doch De Vrient schien ihn gar nicht zu hören.

»Ich zähle bis drei. Und dann stirbt einer von euch beiden! – Eins, zwei, dr...«

»Geben Sie ihm den verfluchten Ring!«, brüllte ich Goethe an.

Goethe zögerte, dann seufzte er. »Nun gut.« Er griff in die Seitentasche seines Rockes und warf De Vrient den Ring zu.

Ich bin mir nicht sicher, ob es Zufall oder Absicht war, jedoch der Ring flog zu hoch, als dass De Vrient ihn zu fangen vermochte, so sehr er sich auch danach reckte. Der Ring flog über die Brücke hinaus und landete auf einem schmalen Brette, welches das obere Ende des Theaterprospektes bildete und sich etwa drei Fuß unterhalb der Brücke befand. De Vrient stieß einen Fluch aus. Ohne uns aus den Augen zu lassen, ging er auf die Knie und begann, nach dem Ringe zu tasten. Ich sah von meiner Position sogleich, dass es ein aussichtsloses Unterfangen war, denn De Vrients Arm reichte gerade nur bis zur Hälfte der Entfernung. Nachdem er eine Weile getastet hatte, warf er einen kurzen Blick nach dem Ringe und richtete sich wütend auf.

»Umdrehen und hinknien!«

Goethe nickte mir zu, und wir taten, wie uns geheißen. Was dann geschah, habe ich nicht gesehen, aber es lässt sich leicht erraten. De Vrient – vor besinnungsloser Gier das Unmögliche versuchend – beugte sich weiter und weiter vor, um doch noch den Ring zu erhaschen, und verlor darüber schließlich das Gleichgewicht. Es muss ihn selbst so überrascht haben, dass er nicht einmal schrie. Was geschehen war, wurden wir erst gewahr, als sein Körper dreißig Fuß weiter unten aufschlug. Ich weiß nicht mehr, was ich empfand, als wir die Leiter auf die Bühne hinabstiegen. Es war kein Triumph, ja nicht mal Erleichterung, sondern ich fühlte nur eine eigentümliche Leere.

De Vrients Glieder waren grotesk verrenkt, wie bey einer Figur der Comedia dell'arte. Sein Leichnam wirkte nicht tragisch und würdevoll, sondern beinahe komisch. Was für ein Ende für einen Mann, welcher einmal ein großer Tragöde gewesen war.

Offenkundig hatte er es doch noch geschafft, den Ring zu ergreifen, denn jener lag jetzt einige Fuß von ihm entfernt auf dem Holzboden. Goethe bückte sich und steckte ihn in seine Rocktasche. Ich hielt Ausschau nach einer Decke, mit der ich ihn bedecken wollte, dabei fiel mein Blick erneut auf den gemalten Theaterprospekt, vor dem De Vrients Leichnam nun lag: das Meer. Unvermittelt musste ich an die alte Hexe und ihre Prophezeiung denken. »Was ihr suchet, liegt auf dem Grund des Ozeans, welcher von Menschenhand erschaffen wurde.«

So irrsinnig dies für mich auch geklungen hatte, am Ende hatte die Alte doch Recht behalten. Daraus war zweifellos eine wertvolle Lehre zu ziehen. Bey Gelegenheit würde ich darüber nachdenken, welche.

Drittes Buch

Sechsundfünfzigstes Kapitel

Vier Tage später erreichten wir nach einer beschwerlichen Kutschfahrt kurz vor der Mittagsstunde Weimar. In Goethes Haus erwartete ihn bereits eine Unmenge an in der Zwischenzeit eingetroffener Correspondenz, darunter auch mehrere Depeschen Carl Augusts, welche nach umgehender Berichterstattung verlangten, sobald wir zurückgekehrt wären. Wir hätten es vorgezogen, uns erst einmal von den Strapazen der vergangenen Tage zu erholen, aber die Kunde von unserer Rückkehr hatte sich ohne Zweifel bereits in der Stadt verbreitet, und so blieb uns nichts anderes übrig, als uns sogleich auf den Weg zum Fürstenhause zu machen.

Dort wurden wir bereits voller Ungeduld erwartet und sogleich mit Fragen mannigfaltigster Art bestürmt. Goethe beantwortete einige davon, blieb aber im Ganzen einsilbig und war nicht dazu zu bewegen, ins Detail zu gehen, was sowohl Carl August als auch die Herzoginmutter sichtlich verstimmte. Als schließlich für einen Moment Ruhe eintrat, räusperte sich Goethe, setzte eine geheimnisvolle Miene auf und bat darum, dass man sich noch ein wenig gedulden möge. Es gäbe auch jetzt noch ein oder zwei Unklarheiten in dieser Affäre. Um das Rätsel vollständig zu lösen, müssten wir uns noch ein letztes Mal nach Belvedere begeben. Sodann wolle er alle Fragen gerne und ausführlich beantworten.

Nachdem sich die herzöglichen Augenpaare genug scheele Blicke zugeworfen hatten und die herzöglichen Nasen ausreichend gerümpft worden waren, stimmte man schließlich gnädigst bey, und wir waren für's Erste entlassen.

Siebenundfünfzigstes Kapitel

Noch am Abend des nämlichen Tages trafen wir erneut im Belvedere ein. Der Herzog hatte zunächst einen Boten voraus schicken wollen, welcher unser Eintreffen ankündigen sollte, aber Goethe hatte ihm auch dieses wieder ausgeredet, da er es für ratsamer hielt, wenn wir unerwartet dort erscheinen würden.

Nachdem man uns gemeldet hatte, wurden wir in den großen Salon geführt, in welchem der Großherzog uns bereits erwartete. Wir hatten kaum Platz genommen, als auch die Großherzogin hereinstürzte, beinahe atemlos vor innerer Erregung, alles zu erfahren, was wir wussten. Goethe erkundigte sich, ob wir auf die Prinzessin warten sollten, aber der Großherzog verneinte es. Die Gesundheit der Prinzessin sey zwar – Gott sey's gedankt – so weit wiederhergestellt, dass man für den kommenden Tag nun endlich die Abreise geplant hatte, aber man müsse sie nicht unnötig in Aufregung versetzen. Er und die Großherzogin würden ihr zu einem späteren Zeitpunkt auf schonungsvolle Weise alles Nötige berichten.

Goethe und ich waren zuvor übereinkommen, dass mir die Rolle des Erzählers zufallen solle, während sich Goethe ganz auf die Aufgabe des Beobachters zurückziehen wollte. Auch hatte mich Goethe gebeten, in zwei entscheidenden Punkten von der Wahrheit abzuweichen. Zum einen sollte ich mit keinem Wort erwähnen, dass De Vrient davon gesprochen hatte, dass er bey seinem Eindringen in die Gemächer des Großherzogs diesen bereits tot vorgefunden hatte, und zum 2ten sollte ich den Eindruck erwecken, dass wir glaubten, dass es sich bey dem Eindringling im Ledermantel ebenfalls um De Vrient gehandelt hatte. Ansonsten berichtete ich acurat, was sich zugetragen hatte, und als ich schließlich geendigt hatte, griff Goethe in seine Rocktasche und übergab dem Großherzog den Ring, welchen dieser mit einiger Bewegung an sich nahm.

Dem Großherzog war deutlich anzumerken, dass er aufgewühlt war. Für den Augenblick schien er jegliche Etikette vergessen zu haben und mit feuchten Augen umarmte er zuerst Goethe und dann auch mich.

»Unsere Familie steht für alle Zeiten tief in Ihrer beider Schuld. Worte vermögen nicht auszudrücken, wie sehr, und keine Tat vermag es zu vergelten. Nehmen Sie den Ring als Zeichen unseres ewigen Dankes an.«

Goethe wollte protestieren, aber der Großherzog ließ es nicht zu: »Unserer Familie hat dieser Ring nur Unglück gebracht, möge er Ihnen nur Glück bringen, was immer auch Sie entscheiden, damit zu tun.«

Es war einer der wenigen Momente, in denen ich Goethe gerührt und unfähig, die richtigen Worte zu finden, erlebte, und auch mir selbst fiel nichts Passendes ein, was ich hätte entgegnen können, und so verbeugten wir uns nur und verabschiedeten uns.

Achtundfünfzigstes Kapitel

Erst in der Kutsche kam ich wieder zu mir selbst. »Haben Sie gesehen, wie …?

Goethe nickte: »Habe ich.«

»Die Großherzogin«, fuhr ich fort, »sie war vollständig überrascht, als ich erwähnte, dass De Vrient ihren Mann ermordet habe und auch der Mann im Ledermantel sey.«

»So ist es«, versetzte Goethe. »Und nicht nur überrascht. Mehr als das. Sie war auf das Höchste erleichtert.«

»Dann hat sie selbst ihren Gemahl ermordet.«

»Nein! Vergessen Sie nicht, er ist erwürgt worden. Aber sie weiß, wer es getan hat.«

»Ein gedungener Mörder, welcher in ihrem Auftrage handelte.«

»Möglicherweise.« Goethe blickte nachdenklich vor sich hin. »Bald werden wir hoffentlich mehr wissen.«

»Was haben Sie ihr zugesteckt, als mich der Großherzog umarmte?«

»Das haben Sie bemerkt?« Goethe schien enttäuscht zu seyn.

»Nur weil ich Sie gut genug kenne, um zu sehen, wenn Sie etwas anders tun als für gewöhnlich«, beruhigte ich ihn.

Goethe zog ein Billet aus seinem linken Ärmel, entfaltete es und reichte es mir. »Das habe ich ihr gegeben.«

Ich las: »Uns ist bekannt, dass es keineswegs De Vrient war, welcher den Großherzog tötete, und wir kennen auch Ihre Rolle in dieser Angelegenheit. Wenn Sie sich zu erklären wünschen, bevor wir die Justiz über die Vorgänge unterrichten, so suchen Sie uns noch heute Abend in meinem Hause in Weimar auf. G.«

Ich faltete den Brief zusammen und entdeckte auf der Rückseite den Namen des Großherzogs.

Goethe sah schmunzelnd zu mir hinüber.

»Diesen hätte ich ebenfalls zur Verfügung gehabt, wenn sich das Gespräch anders entwickelt hätte.«

»Sie hatten zwei Briefe?«

»Für jeden einen. Alle persönlich adressiert. So wirkte es überzeugender.«

»Wahrlich nicht übel. Zwei Briefe.«

»Genau genommen sogar drei.« Goethe zog aus der Rocktasche ein weiteres Billet. »Dieser hier wäre für die Prinzessin gewesen.«

Ich schüttelte den Kopf. Der Gedanke war mir mehr als unangenehm. Bey aller Hochachtung vor meinem Freunde fiel es mir nicht zum ersten Male schwer, seine zu Weilen gar zu kühnen Gedankengänge zu billigen. Ich benötigte einige Augenblicke, um mich von dem widerwärtigen Gedanken zu befreien und wieder klar denken zu können.

»Glauben Sie, dass die Großherzogin tatsächlich kommt?«, wechselte ich das Thema.

»Es wäre das Dümmste, was sie tun könnte, schließlich käme dies einem Geständnisse gleich, und ohne ein solches können wir nicht das Geringste beweisen.«

»Aber das weiß sie nicht.«

»So hoffen wir.« Goethe zerriss den Brief und warf die Papierschnitzel aus dem Kutschenfenster. Trübsinnig sah er ihnen nach, wie der Wind sie fort wehte.

Neunundfünfzigstes Kapitel

Wir hatten nur ein kleines Abendessen zu uns genommen, auf dass wir damit fertig wären, wenn - oder sollte ich sagen *falls* - die Großherzogin erscheinen würde, jedoch lag dieses nun bereits mehrere Stunden zurück. Hernach hatten wir uns zum Warten in den gelben Saal begeben, da jener direkt über der Eingangsthüre des Hauses gelegen war und man von seinem Fenster einen Ankömmling am frühsten bemerken würde. Aber so oft auch einer von uns an das Fenster trat und hinunterblickte, kein Besucher wollte sich zeigen.

Die Wachslichter waren bereits beinahe vollständig niedergebrannt und die Uhr auf der Wandkommode hatte eben die 2te Stunde geschlagen, als wir endlich das Klappern einer sich nahenden Kutsche vernahmen. Sogleich stürzten wir erneut ans Fenster, und einen Augenblick später hielt die Kutsche vor Goethes Thüre. Der Kutscher sprang vom Bock und öffnete den Wagenschlag. Wir sahen eine tief verschleierte Dame aussteigen und zur Eingangsthüre eilen. Im nächsten Moment vernahmen wir ein zaghaftes Läuten. Jemand öffnete, und nach einem kurzen unverständlichen Gemurmel hörten wir schließlich Schritte auf der Treppe.

Geist öffnete die Thüre und meldete, dass der erwartete Gast eingetroffen sey. Unsere nächtliche Besucherin trat zögerlich ein. Geist war eben im Begriffe, sich zurückzuziehen, so wie es ihm von Goethe zuvor aufgetragen worden war, doch just als er die Thüre von außen schließen wollte, betrat auch der Kutscher das Zimmer, was Goethe verärgert das Gesicht verziehen ließ. Aber bevor er etwas sagen konnte, hatte die Dame ihren Schleier zurückgeschlagen und ihr Antlitz enthüllt. Vor uns stand, bebend vor Angst und tränenüberströmt, niemand anders als die junge Prinzessin. Wie vom Schlage getroffen sank ich auf einen Stuhl. Auch Goethe war seine Überraschung deutlich anzusehen, aber er bewahrte Haltung.

»Ich muss gestehen, dass wir eine andere Person erwartet hatten. Jedoch heiße ich Sie in meinem Hause willkommen.«

Goethe deutete auf einen Armstuhl. »Nehmen Sie Platz.«

Die Prinzessin setzte sich zögernd, und wir taten es ihr gleich.

»Ich weiß nicht, wie ich beginnen soll«, sagte sie leise.

»Beginnen Sie am Anfang, gutes Kind«, entgegnete Goethe sanft.

Die Prinzessin sah uns mit verzweifelten Augen an und rang nach Worten, aber noch immer brachte sie es nicht über sich zu sprechen. In diesem Moment trat der Kutscher, welcher sich bisher im Hintergrund gehalten hatte, an die Prinzessin heran und legte ihr seine rechte Hand auf die Schulter. Die Prinzessin ergriff sie fest mit beiden Händen, brachte aber immer noch kein Wort über die Lippen. In der ersten Empörung war ich von meinem Stuhle hochgefahren, aber Goethe berührte mich begütigend am Arme und bedeutete mir, mich wieder zu setzen. Kaum hatte ich es widerstrebend getan, fing der Kutscher an zu sprechen:

»Hohe Herren, bitte hören Sie mich an. Mein Name ist Hermann Soret. Ich bin kein Kutscher, sondern Bildhauer. Vor acht Monaten wurde ich in das großherzögliche Schloss gerufen. Man beauftragte mich, eine Büste von Dorothea anzufertigen. In den langen Wochen, in denen sie mir Modell saß, lernten wir uns nach und nach kennen und verliebten uns schließlich ineinander. Natürlich wussten wir, dass Dorotheas Vater auf Grund des Standesunterschiedes niemals in eine Heirat einwilligen würde, aber das war uns egal, wir trafen uns, so oft es möglich war, heimlich außerhalb des Schlosses in einem Gartenpavillon. Wir waren glücklich und dachten nicht weiter darüber nach, was die Zukunft bringen würde. So ging es bis vor einigen Wochen. Doch man stelle sich meinen Schrecken vor, als ich eines Abends in unserem Pavillon nicht meine geliebte Dorothea vorfand, sondern nur einen Brief von ihrer Hand, welchem ich entnahm, dass ihr Vater sie mit dem Prinzen von S. verlobt hatte und dass die Familie bereits in aller Frühe nach Weimar aufgebrochen war, um sich dort einige Wochen oder vielleicht sogar Monate aufzuhalten. Wie von Sinnen ritt ich der Familie hinterher. Nach zwei Tagen und zwei Nächten, in welchen ich mir kaum Zeit zum Schlafen nahm, erreichte ich Belvedere. Zunächst versteckte ich mich im Park und beobachtete das Schloss, ich hoffte, dass Dorothea irgendwann einmal heraustreten oder sich zumindest an einem Fenster zeigen würde, so dass ich mich bemerkbar machen könnte. Ich wartete viele Stunden, aber sie kam nicht heraus. Am Nachmittage schließlich sah ich, wie Sie beide das Schloss betraten und es einige Zeit später wieder verließen.«

»Ich habe Sie auch gesehen«, entgegnete ich. »Sie standen hinter einem Busche. Aber als ich genauer hinsehen wollte, waren Sie verschwunden.«

Soret nickte. »Ihr habt mir einen ungeheuren Schrecken eingejagt. Als Ihr in meine Richtung blicktet, warf ich mich sogleich zu Boden in den Schnee und rührte mich nicht mehr, bis Ihr das Schloss betreten hattet. Bis zum Einbruch der Dunkelheit schlich ich noch durch den Garten, dann suchte ich nach einem Unterschlupf, wo ich mich in der Nacht vor Wind und Kälte schützen könnte. Schließlich fand ich eine künstliche Ruine, welche einige hundert Meter hinter dem Schlosse liegt und wo ich die Nacht verbrachte. Die nächsten beiden Tage vergingen in gleicher Weise. Tagsüber beobachtete ich das Schloss, und nachts schlief ich in der Ruine. In diesen Nächten muss ich mir die Lunge verkühlt haben, doch davon später mehr. Am Nachmittag des dritten Tages endlich erblickte ich Dorothea an einem Fenster. Ich wusste nicht, ob sie allein dort war, aber dieses Risiko musste ich auf mich nehmen. Ich formte schnell einen Schneeball und warf ihn gegen die Scheibe. Sie kam sogleich ans Fenster und das Glück, uns endlich wiederzusehen, ließ uns für einen Augenblick alles andere vergessen. Als es dämmerte, schlich sie sich aus dem Schlosse und sperrte mir mit einem Schlüssel, welchen sie heimlich an sich genommen hatte, eines der leerstehenden Kavaliershäuser auf. Dort überlegten wir gemeinsam, was zu tun sey, hatten tausend Pläne und Hoffnungen, und endlich hatten wir uns so sehr in einen rauschhaften Zustand des Glückes gesteigert, dass wir in unserem Wahn annahmen, dass wir Dorotheas Vater nur unsere Liebe zueinander gestehen müssten, damit er uns seinen Segen erteile. Wie dumm wir doch waren. Noch in derselben Nacht brachte mich Dorothea ins Schloss und zu ihrem Vater. Jedoch das Gespräch verlief – wie Sie sicher schon ahnen – anders als von uns geplant. Der Großherzog war außer sich vor Wut, er beschimpfte mich und Dorothea auf das schändlichste, ein Wort gab das andere und schließlich schlug er Dorothea so heftig ins Gesicht, dass sie zu Boden stürzte. Ich stellte mich schützend vor sie, doch der Großherzog stieß mich jäh zur Seite und wollte erneut auf sie einschlagen. Ich riss ihn fort, und wir kämpften. Der Großherzog war rasend in seinem Zorn, und als er mich an der Kehle packte, wusste ich, dass ich nun um mein Leben kämpfte. Es gelang mir, ihn ebenfalls an der Kehle zu fassen, und ich drückte mit aller Kraft zu, während ich gleichzeitig versuchte, mich von seinem Griffe zu befreien. Ich weiß nicht mehr, wie lange wir so rangen, es dünkte mich eine Ewigkeit, wiewohl es wahrscheinlich nicht einmal eine Minute war. Vor meinen Augen sah ich nur blutrote Schleier, und der einzige Gedanke, welchen ich noch hatte, war, mit all meiner Kraft zuzudrücken. Mit einem Male war alles vorbey. Der Großherzog ließ von mir ab und fiel tot zu Boden. Voller Schrecken flohen wir aus dem Zimmer in Dorotheas Gemach.

Wir waren nun verzweifelter als je zuvor, wussten nicht mehr aus noch ein und erwarteten, dass uns unfehlbar bald ein schreckliches Schicksal ereilen würde. Am nächsten Tage jedoch erschienen Sie beide erneut, und wir erfuhren, dass in der Nacht eine unbekannte Person den Leichnam des Großherzogs in eine Truhe eingeschlossen hatte. Das schien uns zunächst unerklärlich, aber wir maßen dem keine besondere Bedeutung bey. Schließlich vermuteten wir, dass dies einer der Bedienten getan haben müsse, möglicherweise, um irgendeine Verfehlung seinerseits zu bemänteln. Jedenfalls schien es die Fährte von uns fortzulenken, insbesondere, als plötzlich auch von einem Fluche die Rede war und später dieser seltsame Gelehrte erschien. Am nächsten Morgen erwachte ich in meinem Versteck im Kavaliershaus mit einer schweren Lungenentzündung. Dorothea pflegte mich, so gut sie es vermochte, aber mir ging es mit jedem Tage elender. Endlich beschloss Dorothea, ihre Mutter, die Großherzogin ins Vertrauen zu ziehen. Zunächst überhäufte sie meine Dorothea natürlich mit den schwersten Vorwürfen, aber auch sie selbst hatte unter der brutalen Tyrannei ihres Ehemannes unsäglich gelitten, und so fügte sie sich schließlich in das Unabänderliche und entschied sich, uns zu helfen.

So verhinderte sie eines Morgens, dass Sie das Kavaliershaus betraten, indem sie einen Schrei ausstieß und die Mär von dem Manne in dem Ledermantel erfand. Dorotheas Onkel indes wagten wir nicht, die Wahrheit zu gestehen. Zwar war er umgänglicher als der alte Großherzog, jedoch war er auch - vielleicht gar mehr noch als jener - streng den alten Traditionen verhaftet. Eine Auflösung der nun einmal eingegangenen Verlobung mit dem Prinzen war für ihn gänzlich unvorstellbar. Dagegen, dass Dorothea daraufhin zum Katholizismus übertrat, woraufhin eine

Heirat mit dem Prinzen nicht mehr in Frage kam, war er allerdings machtlos, jedoch es erzürnte ihn auf das Äußerste. Als sich mein Zustand immer weiter verschlechterte und der Onkel entschied, dass die Familie am nächsten Morgen abreisen würde, behauptete Dorothea in ihrer Not, selbst krank zu seyn und nicht reisen zu können. Dorotheas Mutter verhinderte, dass sie von Ihnen untersucht wurde, und dem Arzt aus Weimar gegenüber gab sie meine Leiden für ihre eigenen aus. Da wir wussten, dass es nur eine Frage der Zeit wäre, bis Sie erneut das Kavaliershaus durchsuchen würden, brachte man mich auf den Dachboden des Schlosses, wo mich Dorotheas Mutter pflegte, indem sie die für Dorothea bestimmten ärztlichen Anweisungen und Arzneien bey mir anwendete.«

»Dann waren Sie es auch, der mich niederschlug, als ich den Dachboden betrat.« Schon der Gedanke daran, ließ meinen Kopf erneut schmerzen.

Soret senkte schuldbewusst den Kopf.

»Es tut mir leid, ich war in höchster Verzweiflung und wusste nichts anderes, um meine drohende Entdeckung abzuwenden.

Als ich sah, was ich angerichtet hatte, brachte ich Sie unter Aufbietung meiner letzten Kräfte in das Treppenhaus und läutete, damit man Ihnen helfe. Dann schleppte ich mich zurück in mein Versteck. Nachdem Sie beide abgereist waren und Tag um Tag verging, ohne dass etwas geschah, begannen wir langsam, Hoffnung zu schöpfen, dass nun alles vorbey wäre, doch gestern kamen Sie zurück und übergaben

Dorotheas Mutter den Brief, in welchem sie der Mordtat beschuldigt wurde. Das jedoch können wir keinesfalls geschehen lassen, und so kamen wir heute Abend zu Ihnen. Unser Schicksal liegt in Ihren Händen.«

Aus Sorets Leib schien jeglicher Lebensmut gewichen zu seyn, und er blickte trübsinnig zu Boden, während die Prinzessin uns voller Angst ansah. Goethe schwieg einige Momente, dann schaute er zu mir hinüber. Ich wusste, was er dachte, und nickte. Goethe erhob sich.

»Es sind furchtbare Dinge geschehen, aber die Verantwortlichen sind tot. Was Ihr beide tatet, tatet Ihr aus Liebe und Verzweiflung. Wenn es bessere Gründe gibt, so kenne ich sie nicht. Dass Ihr unterschiedlichen Standes seid – mag kümmern, wen will. Mir ist es einerlei. Ihr liebt Euch und nur das ist es, was von Bedeutung ist. Was die vergangenen Geschehnisse anbelangt, so sind sie durch die Taten De Vrients hinreichend erklärt, es besteht kein Anlass, Eure Verstrickung darin der Welt offenzulegen. Was jedoch Eure Liebe betrifft, so wisst Ihr selbst nur zu gut, dass sie hier niemals geduldet würde. Die einzige Möglichkeit, die ich für Euch erkennen kann, ist, für immer außer Landes zu gehen.

Wenn Ihr auf meinen Rat hören wollt, dann wählt Ihr Rom zu Eurer neuen Heimat. Ich werde Euch Empfehlungsschreiben für einige der wichtigsten Männer dort mitgeben. Ihr könnt gewiss seyn, dass man Euch helfen wird.«

»Nach Rom?«, rief Soret aufs Äußerste überrascht.

»Es wird Euch gefallen und für einen Bildhauer, der lernen will, gibt es keinen besseren Ort.«

»Alles aufgeben? Wovon sollen wir leben?« Die Stimme der Prinzessin war voller Angst.

»Hiervon.« Goethe hatte in seine Rocktasche gegriffen und hielt der Prinzessin den Smaragdring hin.

Sie zögerte und blickte zu Soret, welcher blass geworden war und nur stumm nickte. Die Prinzessin ergriff den Ring, und sogleich stiegen ihr erneut Tränen in die Augen. Soret schloss sie in die Arme, und wir wandten uns ab.

Sechzigstes Kapitel

Eine gute Stunde später hatte Goethe alle Briefe fertig geschrieben, und das junge Liebespaar bestieg wieder die Kutsche.

Aus dem Wagenfenster reichte die Prinzessin uns ein letztes Mal voller Dankbarkeit die Hände. Niemand von uns brachte ein Wort hinaus. Dann knallte Soret auf dem Kutschbock mit der Peitsche, und ein paar Augenblicke darauf waren sie in der Dunkelheit verschwunden. Wir standen noch eine Weile schweigend da und lauschten den klappernden Hufen, welche in der Ferne leiser und leiser wurden. Schließlich verstummten sie, und wir traten zurück ins Haus.

Letztes Kapitel

So plötzlich, wie alles begonnen hatte, so plötzlich war es auch vorbey. Wir hatten am folgenden Tage noch einmal Carl August und die Herzoginmutter aufgesucht, um auch ihnen einen Bericht über die Ereignisse der letzten Tage zu geben, wobey wir auch dieses Mal De Vrient als den alleinigen Schuldigen darstellten. Man sah keinen Anlass, an unseren Worten zu zweifeln, und war erleichtert, dass nicht nur alles aufgeklärt worden war, sondern der Übeltäter auch ein gerechtes Ende gefunden hatte. Damit war die Affäre beendet.

Noch am selben Tage kehrte ich nach Jena zurück, überglücklich, endlich wieder Frau und Kinder in die Arme schließen zu können.

Meine Befürchtung, dass ich mich nach den aufwühlenden Erlebnissen der vergangenen Tage nur schwer würde wieder in die Arbeit finden können, erwies sich glücklicherweise als nicht berechtigt. Ganz im Gegenteil, die Arbeit, welche mir vor meiner Abreise nach Weimar einfach nicht gelingen wollte, ging mir nun mit der größten Leichtigkeit von der Hand, und innerhalb nur weniger Wochen schuf ich eine ganze Anzahl herrlicher Balladen: »Der Ring des Polykrates«, »Der Taucher«, »Die Kraniche des Ibykus« und noch einige mehr. Die Ideen – welche sich zuvor in meinem Geiste versteckt gehalten hatten – strömten mit einem Male nur so aus mir heraus, beinahe so, als hätte es der aufwühlenden Empfindungen der letzten Tage bedurft, um sie in Fluss zu bringen.

Goethe schien es ähnlich zu ergehen. Als ich den Freund einige Zeit darauf wieder besuchte, erzählte er mir, dass er inzwischen die Arbeit an einem Romane, welchen er zuvor einige Zeit lang unterbrochen hatte, endlich habe fortsetzen können, da er dessen Protagonisten in seinem Geiste nicht länger als papierne Schemen, sondern nun endlich in Fleisch und Blut zu sehen vermochte. Er habe den beiden daher auch neue Namen gegeben. Ich ahnte bereits, was er meinte, und als er mir einen Blick auf das Manuskript gewährte, sah ich, dass ich richtig geraten hatte.

»Hermann und Dorothea«, stand dort zu lesen.

Sogleich waren meine Gedanken bey dem jungen Liebespaar, welches uns nur wenige Wochen zuvor voller Angst aufgesucht hatte. Würden sie ihr Glück finden? Wenn ja, so konnten wir uns freuen, das Unsere dafür getan zu haben.

Zuweilen denke ich, dass es jedoch eine Dummheit war, den beiden diesen ungeheuer wertvollen Ring zu schenken. Ziemlich oft sogar. Zumindest ich hätte das Geld, welches er wert ist, mehr als gut brauchen können. Jedoch wirklich verargen vermag ich es Goethe am Ende doch nicht, denn ich muss gestehen, selbst seinen größten Dummheiten haftet das Fluidum der Grandiosität an.

Die Dummheiten – und vielleicht sogar die Klugheiten – von uns allen werden eines Tages gewiss vergessen seyn, aber an die Grandiosität – an die wird man sich erinnern.

*